Nous remercions la SODEC
et le Conseil des Arts du Canada
de l'aide accordée à notre programme de publication
ainsi que le gouvernement du Québec
– Programme de crédit d'impôt
pour l'édition de livres
– Gestion SODEC.

Canada

SODEC
Québec

Conseil des arts   Canada Council
du Canada   for the Arts

Nous reconnaissons l'aide financière
du gouvernement du Canada
par l'entremise du Fonds du livre du Canada
pour nos activités d'édition.

Conception et réalisation de la couverture :
Michel Cloutier

Montage de la couverture :
Grafikar

Montage des pages intérieures :
Guylaine Normand pour Claude Bergeron

DANGER
LE
PHOTOCOPILLAGE
TUE LE LIVRE

ASSOCIATION
NATIONALE
DES ÉDITEURS
DE LIVRES

Membre de l'Association nationale des éditeurs de livres

Dépot légal : novembre 2016
Bibliothèque et Archives Canada
Bibliothèque nationale du Québec
234567890 IML 09876
Copyright Ottawa, Canada, 2016
Éditions Pierre Tisseyre inc.
ISBN : 978-2-89633-379-0
11685

Péril sur le fleuve

DU MÊME AUTEUR AUX ÉDITIONS PIERRE TISSEYRE :

Maggie
La revenante
Le destin de Maggie
Le puits
La Marie-Louise

**Catalogage avant publication de Bibliothèque et Archives
nationales du Québec et Bibliothèque et Archives Canada**

Lessard, Daniel, 1947 février 19-

    Péril sur le fleuve

    ISBN 978-2-89633-379-0

    I. Titre.

PS8623.E868P47 2016   C843'.6   C2016-941897-9
PS9623.E868P47 2016

Daniel Lessard

Péril sur le fleuve

ÉDITIONS
PIERRE TISSEYRE
www.tisseyre.ca

155, rue Maurice
Rosemère (Québec) J7A 2S8
Téléphone: 514 335-0777 – Télécopieur: 514 335-6723
info@edtisseyre.ca

Fragments de souvenirs lumineux du Saint-Laurent.
C'est Marguerite, à Gaspé, qui ouvre sa cantine à
la barre du jour et prépare sa pâte à crêpes. Simon,
harnaché dans ses bottes qui lui montent jusqu'à la
poitrine, lançant sa mouche au confluent de la Moisie
et du golfe, son minuscule appât volant dans la lumière
mate. Le vieux Walter, de Rivière-Madeleine, terminant
la cuisson lente de sa vie, assis sur ses marches
d'escalier, au grand soleil. C'est un long héron bleu
dans une flaque du fleuve à Cap-Santé, où se mirent
les premiers astres du soir. Un vol d'oies blanches
sur Kamouraska, chacune comme une ampoule
allumée dans l'azur. Un après-midi d'arc-en-ciel après
la tempête, un bout de l'arc sorti du fleuve comme
un monstre luminescent.

Monique Durand, Le Devoir, 8 août 2015

28 mai 2018

Communiqué numéro un

Nous, la cellule Sauvons le Saint-Laurent, revendiquons l'explosion, près de Berthier-sur-Mer, du bateau de pêche et de sa cargaison de 500 litres de pétrole. Notre message est simple : Ouvrez grand vos yeux. Le fleuve se meurt, toutes les études le démontrent. Un geste insensé, direz-vous ? Absurde ? Comment peut-on vouloir sauver le fleuve en l'empoisonnant ? Voilà plutôt à quoi nous réduit la réélection de votre gouvernement, qui laisse détruire tout ce que nous aimons.

Nous n'aurons de cesse que le jour où vous adopterez de véritables politiques environnementales, le jour où vous nommerez un ou une ministre de l'Environnement digne du titre. Quand vous poursuivrez tous ces criminels qui déversent leur merde dans le fleuve. Quand vous et vos ministres fermerez vos portes aux serviteurs des pétrolières dont les forages sont en train de ravager l'île d'Anticosti. Haro sur tous ces magouilleurs qui n'ont aucune conscience et aucun respect pour nos plus belles et précieuses ressources. À bas les élites qui s'acharnent à imposer des oléoducs à notre population qui n'en veut pas !

Il est minuit moins une, monsieur le premier ministre.

La cellule Sauvons le Saint-Laurent

Le premier ministre René Saint-Martin rejette dédaigneusement sur son bureau le communiqué que le chef de la Sûreté du Québec, Bernard Dupuis, vient de lui remettre. L'explosion du bateau n'était donc pas un accident? Ce communiqué, s'il est authentique, confirme ses soupçons. Comment, en effet, expliquer la présence sur le Saint-Laurent d'une barque de pêcheur remplie de pétrole? «Un acte terroriste? Plutôt une bêtise de mauvais farceurs, qui s'amusent à jouer avec le feu en s'imaginant qu'ils feront plier mon gouvernement.»

— Vous avez des indices? demande-t-il au policier.

— Non, rien. Le citoyen qui nous a contactés dans les secondes suivant l'explosion n'a pas vu le bateau, seulement entendu la déflagration. Un autre témoin a aperçu l'embarcation dériver sur le fleuve sans personne à bord un peu avant, mais n'a rien pu nous dire de plus.

— Sans doute un mauvais coup par des amateurs, suppute le premier ministre.

René Saint-Martin se renverse dans sa chaise. Dans ces circonstances, n'est-il pas préférable de taire ce communiqué, pour ne pas alerter inutilement la population et éviter de donner de l'importance à ces écervelés?

— Continuons de prétendre qu'il s'agissait d'un accident, d'une étourderie d'un apprenti pêcheur. D'accord, monsieur Dupuis?

— Oui, tout à fait.

Chevelure blanc neige soigneusement repoussée vers l'arrière, costume bien taillé, le premier ministre a belle prestance et sait soigner son image. Pragmatique, machiavélique à ses heures, avec un sens de l'humour vinaigré, René Saint-Martin est un politicien redoutable, au sommet de son art. Adèle Verreault, son adjointe et confidente de toujours, ne comprend pas qu'il songe à la retraite.

«Vous n'êtes pas si vieux que ça, lui dit-elle parfois. L'âge, ce n'est qu'un chiffre. Vous n'êtes quand même pas Ronald Reagan à la fin de sa présidence. François Mitterrand cajolait encore une maîtresse à 79 ans. Churchill avait 81 ans à la fin de son dernier mandat. Les politiciens ont la couenne dure. »

Bernard Dupuis le tire de sa torpeur.

— Comment va Mireille?

Le premier ministre écarte les deux bras dans un mouvement d'impuissance.

— Hier, elle ne m'a pas reconnu. Aucune réaction quand je lui ai pris la main. La veille, quand je l'ai touchée, elle avait eu un léger soubresaut. Le maudit cancer est probablement en train de lui dévorer le cerveau. Avant-hier, j'avais la certitude qu'elle entendait tout ce que je lui disais, mais pas hier soir.

— Avez-vous l'impression qu'elle souffre?

— Non, on lui donne de la morphine aux quatre heures.

Mireille Lavoie-Saint-Martin est hospitalisée depuis un mois, souffrant d'un cancer en phase terminale. Elle a fait promettre à son mari de ne pas la laisser finir comme un légume. Mais il n'arrive pas à se résoudre à laisser partir cette femme brillante qui l'accompagne depuis 43 ans, et dont les observations étaient toujours un cran au-dessus de celles de ses conseillers politiques. Cette femme admirable qui aurait tant voulu avoir des enfants, mais qui n'a jamais abandonné un mari stérile qui ne pouvait pas lui en faire.

— J'ai voté pour la loi sur les soins de fin de vie, même si je n'étais pas d'accord. Mais aujourd'hui, je comprends mieux la résistance des opposants. Mon parti réclamait qu'elle soit adoptée à l'unanimité. Notre société est rendue là. Moi, je pense toujours qu'à moins d'accident, la vie doit suivre son cycle normal. Je suis vieux jeu! Mettre fin aux jours de Mireille, même si je le lui ai promis, j'en suis incapable.

* * *

Une chanson de Daniel Bélanger dans ses écouteurs, Amélie Breton pédale de toutes ses forces, sa casquette bleue des anciens Nordiques de Québec retenant deux longues couettes de cheveux bruns. Tendue, nerveuse, elle est habitée par une grande frustration, qui frise la colère. Pourquoi s'accroche-t-elle à ce Fabien Robert qui la déçoit tellement, qui la fait souffrir? Pourquoi ne lui offre-t-il pas le grand amour dont elle a si souvent rêvé? Il est loyal, bon, fidèle, c'est vrai, mais froid comme un glaçon. Incapable de montrer la moindre émotion. Elle doit lui arracher chaque mot. Elle n'en peut plus de vivre avec quelqu'un qui s'endort auprès d'elle sans un geste de tendresse. Qui disparaît au réveil sans la moindre attention. A-t-elle fait le mauvais choix? Et pourquoi lui? Pourquoi l'a-t-elle laissé entrer dans sa maison et dans sa vie? Pourquoi s'est-elle accrochée à lui, elle qui a toujours fui la souffrance et l'humiliation si souvent associées à l'amour? Ce soir, elle appellera ses parents. Ils sont toujours de bon conseil, même si elle devine déjà ce qu'ils lui diront. «C'est un bon gars, va jusqu'au bout de la relation, lui conseillera son père. N'en sors que lorsque t'auras acquis la certitude que ça ne peut pas marcher.» Sa mère sera plus catégorique: «Si t'es malheureuse, mets fin à la situation sans plus tarder.»

Amélie laisse tomber les écouteurs sur ses épaules et pousse un long cri qui se perd au-dessus du pré de Cyprien Lagrange. Une longue plainte qui la soulage de ce poids qui lui sangle le cœur. Un bruant des champs s'envole, apeuré. Elle s'arrête et regrette de l'avoir effrayé. Elle le suit des yeux. Intriguée. Comment retrouvera-t-il son nid minuscule dans cette mer de foin? Est-il planté assez profondément pour échapper à la faucheuse? Et si un oisillon curieux étirait trop le cou? Le pinson et le cri l'ont soulagée, l'ont détournée de sa peine. Bélanger chante *Dis tout sans rien dire*, sa préférée. Ce soir, elle aura une autre conversation avec Fabien, une dernière.

Au bout de la route de l'Anse-aux-Sarcelles, entre Berthier-sur-Mer et Montmagny, le fleuve Saint-Laurent pétille dans la lumière du matin. Comme s'il se moquait de tous ces déchets dont on lui bourre le ventre, de Montréal à Tadoussac. «Le fleuve est fort, disent nos imbéciles de dirigeants, il va se régénérer. Bande d'ignorants!» Un superpétrolier vogue vers la raffinerie de Lévis. «Maudit pétrole!» murmure Amélie, l'estomac noué.

Lorsqu'elle arrive à proximité de l'anse, le caquètement insistant d'une sarcelle à ailes vertes attire son attention. La biologiste s'approche le plus discrètement possible. La cane est de plus en plus agitée. Un prédateur? Elle lève les yeux, à la recherche du goéland argenté qui a enlevé deux canetons la semaine dernière. Quand Amélie écarte les longues herbes, son cœur fait un bond. Deux poussins sont prisonniers d'un filet de plastique. Ils battent faiblement des pattes pour se libérer. Comment les sauver? Appeler à l'aide? Envoyer un texto à Fabien? Même si elle lui en veut, elle se résigne.

«Canetons coincés dans plastique. Peux-tu venir?»

La réponse arrive instantanément: *«Donne-moi vingt minutes.»*

Aussitôt, la jeune femme casse une longue jarre et avance dans la baie. Les deux canetons sont mal en point. Ils ne bougent presque plus. On dirait qu'ils n'arrivent plus à battre des ailes, à remuer les pattes. La sarcelle cherche à les éloigner de ce piège, mais elle n'y arrive pas. «Je dois absolument les attraper et les libérer avant qu'il ne soit trop tard», se dit Amélie. Munie de la jarre, elle avance lentement dans le marécage, mais même en l'allongeant à son maximum, elle est encore loin des canetons. Que faire en attendant Fabien? Trouver une barque? Elle lorgne celle de son vieux voisin, Cyprien Lagrange, attachée à un long pieu de bois. Lui demander la permission, de l'aide? Elle n'en a pas le temps et de toute façon, elle sait qu'il ne pourra pas venir, ses jambes lui font trop mal.

Amélie revient vite vers la baie, glisse la barque parmi les longues herbes, saute dedans et pagaie rapidement vers les deux canetons. La sarcelle fonce vers elle pour l'éloigner. La biologiste s'approche des canetons, les saisit, les dépose au fond de la barque pendant que la cane indignée caquette de tous ses poumons.

Avec mille précautions, elle tente de libérer un premier caneton, sans le blesser. Le petit canard réagit à peine.

L'autre a l'air inanimé au fond de la barque. Amélie se presse, mais elle aura besoin d'au moins dix minutes pour dégager les deux canetons. Enfin, le premier est libre! Quand elle le plonge dans l'eau, il ne bouge pas. Mort? En retrait, la sarcelle tourne en rond à toute vitesse, ses trois derniers poussins affolés dans son sillage. Amélie saisit l'autre caneton, mais réalise aussitôt qu'il est trop tard. Tous deux sont morts.

Bouleversée, Amélie recueille les deux cadavres, revient vers la rive, creuse un trou dans la vase et les y enterre. «Ceux-là, le goéland ne les aura pas.» Elle observe la sarcelle nerveuse qui attend toujours ses rejetons. Comment la consoler? Dans sa livrée brune mouchetée, elle est moins flamboyante que le mâle, dont la tête rousse est coupée d'une bande iridescente verte qui s'enroule autour de l'œil et s'incurve jusqu'à la nuque. De tous les canards, la sarcelle à ailes vertes est la préférée de la biologiste. Elle aime bien les grands eiders à duvet, les pilets irrévérencieux, les malards familiers, les rarissimes arlequins, le huard du lac l'Églantine qui la tient éveillée la nuit, mais aucun d'entre eux ne rivalise dans son cœur avec l'élégante sarcelle à ailes vertes.

Grande, avec de beaux yeux inquiets, Amélie est biologiste depuis cinq ans. Diplômée de l'Université Laval, elle a obtenu ce poste en surpassant une vingtaine de candidats, presque tous des hommes. Chaque jour, elle répertorie les populations d'oiseaux marins le long de son cher Saint-Laurent. Des populations en déclin. L'an dernier, quand elle s'est rendue dans la région de Percé, elle n'a pas vu un seul arlequin plongeur. À Métis-sur-Mer, elle a constaté que les sternes étaient moins nombreuses. Elle s'en désole. Elle voudrait tous les protéger, les sauver comme les bruants des champs menacés par la faucheuse. La mort des deux bébés sarcelles la hantera pendant plusieurs jours. Le bruit d'une auto qui freine en arrivant en vitesse la fait sursauter. Fabien sans doute. La musique à tue-tête de Radiohead qui jaillit de son auto ne trompe pas. Il éteint le moteur et court vers elle. De la main, elle lui montre la traînée de déchets qui flotte près de la rive. Fabien s'en approche et donne un coup pied dans un contenant de jus, en branlant la tête de dépit.

— Je mettrais ma main au feu que c'est encore le gros colon d'Hubert Lapointe qui a jeté ses vidanges dans le fleuve. S'il se contentait de papiers, mais non! Ses mégots de cigarette, son huile usée, tout y passe. Je m'en vais y régler son compte immédiatement.

— Ça ne donnera rien, comme d'habitude, fait Amélie en posant sa main sur son bras.

Bientôt 26 ans, cheveux noirs, Fabien Robert est longiligne. Ses yeux foncés bougent à peine. Une barbe forte assombrit son visage et lui donne un air encore plus ténébreux. Homme de peu de mots, il semble toujours préoccupé, inquiet. Biologiste comme Amélie, il a perdu son emploi il y a trois mois, sacrifié sur l'autel des compressions du gouvernement Saint-Martin. Il avait une année d'ancienneté de moins que sa copine. Il ne l'a pas digéré.

— T'as entendu la nouvelle de l'explosion?

— Quelle explosion? s'étonne Amélie.

— Un accident, paraît-il, explique Fabien en répétant ce qu'il a entendu à la radio : une barque sans pilote, 500 litres de pétrole déversés et les riverains qui n'ont rien vu.

Amélie se mord les lèvres, frustrée.

— Depuis quand transporte-t-on 500 litres de pétrole dans une barque?

Fabien se contente de hausser les épaules.

À midi, Amélie Breton retourne à la maison qu'elle loue à l'Anse-aux-Sarcelles. Un trajet de trois kilomètres qu'elle parcourt quatre fois par jour en bicyclette, sur une route de terre peu fréquentée, poussiéreuse. De la fonte des glaces jusqu'au départ des retardataires, elle compile des informations sur les populations d'oiseaux marins, données qu'elle analysera au cours des mois d'hiver dans son petit bureau du Centre des oiseaux marins.

Au bout du rang de l'Anse-aux-Sarcelles, elle oblique légèrement à gauche en direction de la maison qu'elle loue de Cyprien Lagrange. La voiture de Fabien est déjà garée devant la porte. Son cœur tressaille à l'idée d'avoir avec lui une discussion qui lui pèse. «J'aurais dû emporter une collation pour ne pas avoir à revenir à la maison.» Comment s'y prendre, cette fois? Jusqu'à maintenant, elle s'est trop souvent contentée de se moquer de lui, en faisant allusion à sa «timidité» et son «manque d'empressement». À l'évidence, le message ne passe pas. Elle va devoir prendre le taureau par les cornes, avec franchise et fermeté. Quand il a perdu son emploi, elle a compris qu'il était profondément blessé dans ce qu'il avait de plus précieux, sa fierté. Elle lui a donné le temps de retomber sur ses pieds. Mais à présent, sa patience est épuisée.

Elle appuie sa bicyclette contre la rambarde de la galerie et récupère le sac de papier qui contient une première pousse de persil de mer, avec lequel elle assaisonnera la saucisse. Salicorne, sa jeune chatte, vient aussitôt à sa rencontre.

— Saute, ordonne Amélie.

Elle allonge le bras au chat, qui ne se fait pas prier. Une chatte caramel, le cercle des yeux et le menton tout blancs.

— Salut, fait-elle sèchement en entrant dans la maison.

Fabien, étendu sur le sofa, se relève lentement.

— C'est toi? Je ne pensais pas que tu viendrais dîner.

— Tu dormais?

— Non, non, après avoir visité Hubert Lapointe, je suis revenu et je me suis étendu.

— Il s'est défendu, j'imagine, d'avoir déversé ses déchets dans le fleuve?

— Il jure qu'il n'en a rien fait, que la seule huile qu'il utilise est celle de son camion et qu'il confie toujours au garagiste le soin de la vidanger. Contrairement à Théophile Bilodeau qui serait le coupable.

Amélie secoue la tête de dépit. Tous ces petits pollueurs ont toujours une bonne excuse. Chaque matin, la rive est jonchée de débris, de bouteilles de bière, d'huile à moteur et de boissons gazeuses, de restes de nourriture qui lui donnent des haut-le-cœur, mais qui font le bonheur des goélands

16

charognards. Elle jette un coup d'œil au jeune homme, toujours allongé sur le sofa.

— Fabien, il faut qu'on se parle.

Il se redresse vivement. Au ton d'Amélie, il comprend que la discussion ne sera pas agréable. Il y a longtemps qu'il sait qu'elle n'est pas heureuse. Il l'aime, mais il ne sait pas comment renforcer une relation vacillante. Et encore moins comment répondre à un besoin de romantisme qui ne l'habite pas.

— Je t'écoute, dit-il, les yeux au loin.

Sans rien brusquer, Amélie lui fait part de ses déceptions. Petites et grandes. L'absence de passion dont il témoigne, son manque d'émotions ou son incapacité à les exprimer, les petits gestes affectueux qu'il n'a jamais envers elle. Ses yeux qui la regardent comme si elle était une étrangère. Ses mains qui se posent trop rarement sur elle. Amélie lui explique, la voix cassée, qu'elle veut vivre le grand amour avec lui, mais qu'elle n'arrive pas à l'allumer. Il est toujours tellement reclus, distant, engoncé dans sa carapace, comme si rien ne l'atteignait, rien ne le faisait vibrer. Amélie s'arrête, elle étouffe. Elle s'enfouit la tête dans les mains, des spasmes font tressaillir ses épaules. Fabien est figé dans sa léthargie. Elle relève la tête.

— T'es un maudit bon gars, mais on dirait que tu me considères comme une amie, que tu n'es pas en amour avec moi. Tu cohabites avec moi comme tu vivrais avec ta mère ou ton copain Jean. Souvent, j'ai même l'impression que tu vis dans un autre monde.

Fabien se lève, va chercher deux bières dans le frigo, les décapsule et s'approche d'elle. Il lui en tend une et boit une gorgée de l'autre. Il prend les mains d'Amélie dans les siennes. Il cherche ses mots. Il a horreur de ces discussions.

— Écoute, je serai honnête avec toi, je suis ce que je suis. Je ne sais pas si je peux changer et je n'ai pas envie de faire semblant d'être quelqu'un d'autre. Je n'ai pas l'habitude des grands épanchements. Ma mère ne m'embrassait jamais.

Mon père ne parlait pas beaucoup. Je t'aime à ma façon et je suis prêt à faire un effort, mais si tu considères que ça suffit pas, je ne m'imposerai pas. Reprends ta liberté, j'irai vivre avec Jean.

Il fait une pause, la bouche ouverte, comme s'il voulait dire quelque chose de plus important. Il ne trouve pas les bons mots.

— Quand j'aurai un emploi, ça ira mieux. J'ai besoin d'un défi, j'ai besoin de me prouver que je peux accomplir de grandes choses. Faire quelque chose de ma vie.

Sa voix se disloque. Il voudrait tant ne pas décevoir Amélie, mais l'amour est si difficile. Pourquoi faut-il toujours dire qu'on aime, le manifester, le prouver ? Pourquoi ne pas juste vivre l'amour et tenir pour acquis qu'on est heureux ?

— Tu n'as toujours rien trouvé ? lui demande-t-elle.

Il prend une grande respiration et refoule sa détresse au plus profond de lui.

— Non. Il y a un poste d'enseignant à la maternelle, au village, qui sera libre en septembre. C'est un travail, il faut bien vivre, mais je ne suis pas certain que je saurais m'occuper de gamins de cinq ans.

Il voudrait la prendre dans ses bras, mais n'ose pas. Salicorne miaule.

— Pauvres enfants, dit-elle, moqueuse. Ils ne riront pas souvent !

— Très drôle !

— Tu pourrais essayer, suggère-t-elle. Peut-être que les enfants te sortiraient de ta carapace, qu'ils te feraient perdre ton côté gros ours bourru.

Fabien s'approche d'elle.

— Tu dois pouvoir comprendre que c'est pas pareil pour moi. Je ne peux pas faire ce que j'aime le plus au monde. Consacrer ma vie à soigner le fleuve, passer mes journées sur les berges, dans les marécages, comme toi. Si j'accepte, je vais aussi m'engager à fond dans un organisme écologique et m'occuper du fleuve d'une autre façon.

— Tu veux dire militer pour Greenpeace ou un groupe comme ça? Pour sauver les bélugas, empêcher la construction du terminal pétrolier, manifester contre le maire de Montréal et tous les autres qui déversent leur merde dans le fleuve?

— Oui, me battre par tous les moyens pour notre fleuve. La réélection du gouvernement Saint-Martin est la pire chose qui pouvait nous arriver.

Il devient soudainement songeur, inquiet, les yeux au large. Salicorne gratte à la porte. Elle veut sortir.

— Prends le temps de décider ce que tu veux faire, propose Amélie, et quand tu le sauras, on essaiera de s'organiser une vie heureuse. Sinon, le temps sera venu de se quitter. D'accord?

— D'accord.

En retournant dans l'anse, Amélie s'arrête à mi-chemin et téléphone à son amie Claudine pour lui faire part de la conversation qu'elle vient d'avoir avec Fabien. Elle est surprise quand elle lui résume les propos de son copain. «Je ne sais pas si je pourrai changer.» Cette phrase lui revient sans cesse, lancinante. Elle regrette d'avoir capitulé trop vite, de ne pas être allée au fond des choses. Était-ce par lâcheté, par pitié pour un homme meurtri? Elle aimerait croire qu'il fera le nécessaire, qu'il s'efforcera de changer. Sinon, va-t-elle devoir se résigner à vivre sans passion?

— Ne le prends pas en pitié, lui conseille Claudine. La pitié, c'est destructeur. Je t'ai toujours connue forte, sûre de toi et de tes sentiments. Ne perds pas ton temps avec ce gars-là. Fous-le à la porte!

Amélie a mal en pensant qu'elle a flanché, qu'elle s'est laissée aller à croire qu'il changerait. Pourquoi n'a-t-elle pas posé des conditions, lancé un ultimatum, fixé une échéance? Leur histoire vaut-elle la peine qu'elle s'y accroche? Est-il réaliste de bâtir sa vie autour d'un homme qui ne la trompera ni ne la quittera probablement pas, mais qui restera toujours distant, une énigme pour elle? Peut-elle vivre ainsi? Ou est-ce elle qui en demande trop? Toutes ces questions sans réponses lui déchirent le cœur. Incapable d'en faire le tri, elle ne cesse de rejouer le film de leur relation, pour essayer de comprendre. Quand elle a commencé à fréquenter Fabien, elle a tout de suite été intriguée. Pour la première fois de sa vie, elle a senti son cœur s'émouvoir. Elle a voulu découvrir cet homme, qui n'a pas cherché à l'embrasser le premier soir ni à l'emmener chez lui, les soirs suivants. Ce grand solitaire qui avait peu d'amis et qui passait le plus clair de son temps au clavier de son ordinateur. C'est elle qui a fait les premiers pas, qui lui a offert sa bouche et sa virginité. Le désire-t-elle encore?

Un vol d'hirondelles la tire de sa réflexion. Amélie les suit des yeux. Cette présence rassurante lui rappelle que son métier la passionne et qu'à défaut de trouver le grand amour, elle consacrera volontiers le reste de sa vie à ses oiseaux chéris. Les sauver de la pollution qui empoisonne son Saint-Laurent. Les soustraire aux déprédations des entreprises dont les projets menacent sans cesse un peu plus le fragile écosystème du fleuve. Elle repense aux deux canetons morts, encagés dans le plastique, à leurs petits corps inertes et sans vie.

Alors qu'elle se prépare à repartir, le bruit d'une auto la fait émerger de sa rêverie. Fabien! Que veut-il? Il sort du véhicule et lui tend un sac.

— Je t'ai apporté un jus de pomme et des biscuits pour plus tard, dit-il en posant un tout petit baiser sur la joue d'Amélie.

Un sourire incrédule allume le visage de la jeune femme. Et si c'était les premiers pas d'un nouveau Fabien? Elle n'a pas le temps de le remercier qu'il s'en retourne déjà.

— Où vas-tu?

— Je vais rencontrer la directrice de l'école et ensuite, le vieux Poléon Raté. Il veut construire un bateau et m'a demandé de l'aider, moyennant un salaire raisonnable.

— Bonne idée, affirme Amélie pour l'encourager. Ça t'occupera d'ici à septembre.

Fabien ouvre la portière et, avant de monter dans l'auto, lui envoie son plus beau sourire, celui des premiers jours de leur relation. Elle se rappelle l'émotion qu'elle a ressentie, la première fois qu'elle l'a vu. Il gisait sur le sol, après avoir été malmené par des policiers lors d'une manifestation anti-pipeline. Elle l'avait aidé à se relever, surprise de le trouver si beau, si attirant. Son sourire l'avait fait fondre. Désorientée par un sentiment qu'aucun garçon ne lui avait inspiré jusque-là, elle avait déguerpi, comme pour se sauver avant qu'il ne soit trop tard ! Mais quand il est venu s'asseoir à côté d'elle à la cafétéria de l'Université Laval, ç'a été plus fort qu'elle. Tout s'est mis à aller très vite dans sa tête. Elle s'imaginait déjà dans une autre vie. Une nouvelle vie avec Fabien, unis par un amour comme celui de ses parents. Fabien, le preux chevalier qui la ferait monter au septième ciel et lui ferait découvrir le bonheur jour après jour. Sotte qu'elle était...

Elle enfourche sa bicyclette et file vers l'Anse-aux-Sarcelles. Surprenant, le chien de Cyprien Lagrange, la suit en jappant de toutes ses forces pour attirer son attention. «Je devrais m'arrêter chez lui, pense Amélie, histoire de vérifier s'il va mieux, s'il tient toujours sur ses jambes et s'il n'a besoin de rien.»

— J'arrêterai ce soir, en revenant, promis, Surprenant. Rentre à la maison, lance-t-elle à l'animal qui, à regret, s'en retourne piteusement, en tournant plusieurs fois la tête dans l'espoir qu'Amélie le rappelle.

À son arrivée à l'anse, un héron décolle laborieusement de l'eau et s'envole avec grâce. La sarcelle a disparu, mais les déchets sont toujours visibles, ballottés par les vagues. Amélie secoue la tête de dépit. Elle tire ses jumelles de son sac et balaie la rive. Cinquante mètres plus loin, une nappe d'objets hétéroclites flotte à la surface de l'eau, comme si quelqu'un était venu là vider un sac d'ordures. Elle s'approche en écartant les branchages et les longues herbes marines pour mieux observer la scène. En voyant de plus près les contenants de graisse et de jus, la bouteille de ketchup, l'assortiment de condoms et de serviettes hygiéniques, au milieu desquels flotte un écureuil mort, elle a un haut-le-cœur. La prolifération de scènes comme celle-là la scandalise. Elle envoie aussitôt un message texte à son supérieur.

«L'Anse-aux-Sarcelles est un dépotoir. Canards coincés dans le plastique ce matin. Morts avant que j'aie pu les libérer. Jamais vu autant de cochonneries sur le fleuve. Je suis inquiète.»

La réponse ne tarde pas. Tout près de la retraite, André Bonenfant n'aime pas qu'on le dérange inutilement. Il connaît bien Amélie et sait qu'elle s'émeut pour le moindre oiseau blessé.

«Sûrement des vacanciers irresponsables. Ne t'en fais pas.»

Amélie est exaspérée. Pourquoi ne l'écoute-t-il jamais ? Elle envoie des textos à des collègues biologistes et à des amis ornithologues qui patrouillent dans les battures du fleuve. Les réponses arrivent en rafales. Partout, c'est la même inquiétude. En ce printemps 2018, le fleuve est plus souillé que jamais et personne ne s'en préoccupe.

«As-tu prévenu Bonenfant ?» texte Guy Lemieux, son collègue biologiste campé à Kamouraska.

Amélie lui réplique aussitôt que Bonenfant, cet imbuvable tire-au-flanc, a accueilli son message avec dérision. Devrait-elle passer outre à son supérieur immédiat et communiquer directement avec le sous-ministre de l'Environnement ? Paul Lévesque a la réputation de croire à la mission de son ministère. On dit qu'il défend farouchement ses dossiers et ne recule jamais quand il est convaincu qu'il a raison.

«Tu devrais le prévenir, répond Amélie au texto de son collègue. T'as plus d'expérience que moi. Et il paraît qu'il est misogyne !»

«Je m'en charge.»

Au même moment, son portable vibre. Elle jette un coup d'œil à l'afficheur. «Maman! Tu ne peux pas imaginer ce qui se passe de ce côté-ci du fleuve!» Elle veut faire part à sa mère de son indignation professionnelle, mais sa mère l'interrompt rapidement.

— Tu veux parler de l'explosion?

— Non, Fabien m'a dit que c'était un accident sans trop de conséquences. Je veux te parler de tous ces déchets...

Sa mère l'interrompt de nouveau.

— Ça va mieux avec Fabien?

Amélie trouve le moment mal choisi pour déballer ses problèmes personnels. Certes, Fabien lui a préparé une collation, mais elle craint que ce ne soit qu'un sursaut passager et qu'il retombe bien vite dans sa torpeur habituelle. Sa gorge se serre. Sa mère ne lâchera pas le morceau. Elle exigera de tout savoir. Amélie voudrait se blottir dans ses bras, assise à côté d'elle dans la balançoire de la coquette maison de ses parents à Saint-Jean-Port-Joli. Oublier les pollueurs, Fabien, tout. Retourner en enfance, marcher avec sa mère le long de la rive, les pieds dans l'eau, caressés par les vaguelettes de ce fleuve qui, hier encore, sentait si bon le varech et l'iode. Revivre ces moments de pur bonheur, à rire et à fanfaronner, entourée de beauté, quand il lui semblait que la vie n'était qu'un enchaînement de jours heureux.

— Amélie, t'es trop jeune pour te résigner à vivre en deçà de tes attentes, même si les tiennes sont élevées. Il est clair que t'es tombée en amour avec Fabien, mais lui ne l'est pas. Et surtout, n'essaie pas de le changer. Ça ne fonctionne jamais. La vie est trop courte pour te rendre malheureuse. Allez, je t'aime. Rappelle-moi.

— Je t'aime aussi, murmure la jeune femme.

Sa mère est toujours si pressée. Une tornade! Mais elle est toujours de bon conseil, elle ne s'apitoie pas inutilement et son jugement est sans faille.

Amélie revient vers la rive et se désole. Elle voudrait nettoyer son fleuve, mais par où commencer? Sans équipement approprié, la tâche s'avère impossible. Un bruit de sabots qui bat la route la fait se retourner. Cyprien Lagrange guide sa vieille jument dans le sentier pierreux qui déboule vers le fleuve. Surprenant se précipite vers elle et vient bien près de la renverser. Heureuse de voir son voisin, constatant qu'il a recouvré ses moyens, elle lui colle un bisou sur la joue. Le vieil homme se contente de sourire. Il aime Amélie depuis le jour où il lui a loué la maison de son frère, décédé le mois précédent. Comme s'il était leur père, Amélie et Fabien lui rendent souvent visite et s'assurent qu'il ne manque de rien. Cyprien Lagrange vit seul avec Surprenant depuis la mort de sa femme. Il a un cheval, quatre vaches, des poules et deux filles qui ne viennent jamais le voir.

— T'as ben l'air timorée, lance-t-il à Amélie.

— Venez voir, vous allez comprendre.

Elle l'entraîne près de la rive et lui montre la collection de déchets.

— Il y en a partout, dit-elle. C'est pire que jamais. Je n'ai jamais vu autant de gens négligents. De vrais salauds!

Le visage de Cyprien Lagrange se rembrunit. Un restant de cheveux gris dont les mèches s'échappent de sa calotte, la peau tavelée, la démarche chaloupée, le vieil homme est courbaturé, accablé de rhumatisme.

— J'ai un mauvais présage, laisse-t-il tomber.

— À cause de l'explosion d'hier soir? Fabien dit que ce n'est rien de très grave. Probablement un imbécile qui a oublié d'attacher son bateau au quai. C'est pour ça que vous avez ce pressentiment?

L'autre hausse les épaules.

— Non, j'sais pas, juste un mauvais présage. Je le sens dans mes vieux os.

* * *

Quand Irénée Latendresse sort de chez lui, une bourrasque manque de lui arracher son chapeau. Un vent impétueux

24

ébouriffe les grands bouleaux qui ombragent sa jolie maison de L'Isle-aux-Grues. Il n'a presque pas dormi. Tout son corps lui fait mal. La mort de son vieil ami, il y a un mois, l'a désemparé. À 71 ans, il n'attend plus rien de la vie. Une balade, canne en main, le long de son fleuve, lui fera le plus grand bien. La même randonnée quotidienne pour écouter le chant de l'eau, sentir les vagues qui se déchirent à ses pieds, pour suivre des yeux les grands oiseaux marins. Mais ce matin, le vent du large le bouscule, les vagues rageuses le forcent à s'éloigner de la rive.

En levant les yeux, il éprouve un saisissement. Un béluga gît sur la grève. Il s'en approche en espérant que l'animal soit toujours vivant. Pas de chance, le mammifère marin est inerte. Un fil d'acier le rattache à une tige de fer plantée dans le sable. Irénée Latendresse ne comprend pas. Qui a pu commettre un tel crime? Un béluga, en plus! «Ils auraient pu choisir une autre façon de faire passer leur message.»

Le vieil homme cale son chapeau sur sa tête pour le soustraire aux attaques du vent. En faisant quelques pas de plus, Irénée Latendresse découvre avec horreur l'inquiétante inscription à la peinture noire sur le flanc du béluga: «Mort à Saint-Martin et à Mesmer!» Il est médusé. Qui dans l'île en veut autant aux premiers ministres du Québec et du Canada? Il se souvient de conversations de citoyens frustrés, déçus des deux hommes, mais pas au point de proférer des menaces de mort. Des plaisantins? Récupérer un béluga mort pour envoyer un message de protestation? Voilà un sérieux manque de jugement.

Incrédule, le vieil homme reste un long moment sans bouger, les yeux rivés sur la carcasse de l'animal. «Il faut que j'aille prévenir Guimond», finit-il par se dire. Il repart lentement, se retournant à quelques occasions pour être bien certain qu'il n'a pas rêvé. Il cogne à la porte du biologiste.

* * *

Le premier ministre du Québec, René Saint-Martin, a réuni une dizaine de personnes dans son bureau. Les ministres les plus importants : Jean Lalonde, son chef de cabinet ; son vieil ami Paul Lévesque, sous-ministre de l'Environnement, et deux autres fonctionnaires. Une heure plus tôt, le médecin l'a informé que l'état de sa femme ne s'améliorait pas. Son corps inerte ne réagit plus au toucher.

Un mois après sa réélection, le premier ministre entame son dernier mandat, mais il ne le dira pas immédiatement, pour ne pas déclencher une course à la direction qui affaiblirait son gouvernement et saperait l'énergie de son parti. Il entend profiter de cette fin de parcours pour lancer un grand projet qui inspirera les historiens. Un projet innovateur qui en mettra plein la vue à ses concitoyens.

La semaine dernière, Paul Lévesque, son complice depuis leurs belles années au Collège de Lévis, lui a parlé longuement de tous les « déversements de merde » dans le Saint-Laurent, une situation intenable qui renforce l'image d'un gouvernement sans aucune conscience écologique.

— René, les derniers rapports sont alarmants. Pas moins de 102 municipalités déversent leurs ordures directement dans le fleuve Saint-Laurent ou ses affluents. Imagine ! Même à Tadoussac, site du seul parc marin du Québec ! Même si nos scientifiques maintiennent que le fleuve peut absorber toutes ces saletés, il est urgent d'agir. Voici un autre chiffre qui devrait te faire réfléchir : il y a eu l'an dernier 45 567 surverses pour éviter les refoulements d'égouts dans les maisons. Je ne te reparlerai pas du déversement de Montréal. Tout simplement scandaleux ! Voilà qui devrait occuper ton ultime mandat. Ton grand projet ? Sauver le fleuve Saint-Laurent, sinon tu seras jugé comme le premier ministre le plus irresponsable de tous les temps. Tu veux passer à l'histoire pour les mauvaises raisons ?

Le propos de Paul Lévesque a ébranlé René Saint-Martin. Jamais son ami n'avait été aussi virulent. Nettoyer le fleuve, verdir l'économie, voilà des objectifs peu rentables sur le plan électoral, mais comme il ne se représentera pas...

«Un héritage environnemental? Est-ce aussi valable que de donner son nom à des parcs, des barrages, des autoroutes?» Mais Paul a toujours été de si bon conseil.

Issu d'une famille riche, Paul Lévesque est le seul haut fonctionnaire qui a la confiance du premier ministre. Il a étudié à McGill et à l'École des hautes études commerciales de Paris. Pas très grand, les cheveux gris coupés en brosse, des yeux vifs, il a trois amours : son ministère, Ludwig van Beethoven et Marcel Proust, qu'il cite souvent à ses interlocuteurs médusés. Vieux garçon, Paul Lévesque vit modestement. Quelques meubles essentiels, un appareil radio, pas de télévision et une bibliothèque qui masque un grand pan de mur. Des centaines de livres. Marcel Proust bien sûr, mais des tas d'autres classiques : les œuvres complètes de Steinbeck, de Faulkner, de Gide, de Ferron, de Ducharme. Et tout Beethoven sur disques vinyles, qu'il écoute encore sur un vieux tourne-disque.

Ce matin, les remontrances de Paul Lévesque touchent moins le premier ministre, brisé par l'agonie de sa femme, et secoué par ce nouvel incident concernant le Saint-Laurent. Le directeur de la Sûreté du Québec, Bernard Dupuis, l'a informé de la découverte du béluga à L'Isle-aux-Grues et, il y a moins d'une heure, de l'envoi d'un deuxième communiqué. Court, laconique et menaçant :

Ne versez pas de larmes pour le béluga de L'Isle-aux-Grues. Il n'aurait pas survécu de toute façon dans votre fleuve pestilentiel. Le temps est venu d'éliminer tous ces pollueurs, ces amants du pétrole, ces crosseurs qui ne pensent qu'au profit.

La cellule Sauvons le Saint-Laurent

Encore une bravade de ces imbéciles? Bernard Dupuis lui a dit qu'il prenait les deux affaires au sérieux et que, dès aujourd'hui, les mesures de sécurité seraient renforcées autour du parlement.

Quand René Saint-Martin fait part à ses collègues de ces informations, des murmures s'élèvent dans le bureau. Paul Lévesque laisse échapper un juron. Tous les regards se tournent vers lui.

— Combien de fois vous ai-je dit qu'il faut prendre l'environnement au sérieux? Il s'agit peut-être d'écervelés, mais n'attendez pas qu'il soit trop tard pour agir. Depuis trop longtemps, vous vous contentez de mettre des cataplasmes sur une blessure béante.

Cette fois, autour de la table du Cabinet, des grognements bien sentis remplacent les murmures. Le ministre des Finances, Philippe Legris, grince des dents. «Encore lui!» Il n'est pas seul à percevoir Paul Lévesque comme un provocateur en mal d'attention. Depuis dix ans, Lévesque se bat pour persuader le gouvernement et surtout son ami René Saint-Martin qu'il y a urgence d'agir, non seulement pour mettre fin à la pollution du fleuve, mais pour le nettoyer.

— Tu vas encore réussir à convaincre tous les braillards de monter aux barricades, prédit le ministre des Finances sur un ton aigre, lui qui est vigoureusement opposé à toute mesure visant de près ou de loin la protection de l'environnement.

Grand, 52 ans, avec une carrure de lutteur, bouffi d'orgueil et d'ambition, le ministre ne fait pas dans la dentelle.

— L'environnement, en remet-il, c'est de la foutaise, de la pure hypocrisie! Tu vas nous faire pleurer pour 500 litres de pétrole déversés dans le fleuve par un quidam irresponsable? Ou pour une blague de mauvais goût sur un béluga mort de cause naturelle? Tu vas accorder de la crédibilité à des cégépiens en mal d'attention?

Paul Lévesque se renfrogne. Il a le plus profond mépris pour ce ministre, ce pingre qui se fait rembourser jusqu'à la tasse de café qu'il achète à la cafétéria du parlement.

— Philippe, n'exagère pas, rétorque le chef de cabinet du premier ministre, Jean Lalonde. Tu sais très bien que c'est faux. La très grande majorité des études scientifiques démontrent que le fleuve s'est acidifié, que la température du fond a augmenté de six pour cent et que les populations d'oiseaux marins sont en déclin, un signe infaillible.

— Assez ! intervient le premier ministre. On reparlera d'environnement plus tard. Pour l'instant, nous faisons face à un problème plus important.

— Laissons la police faire son travail, renchérit Legris. On ne va pas se laisser emmerder par des petits voyous.

— La police *fait* son travail, tranche le premier ministre, exaspéré. Et de grâce, ne nous sers pas tes exagérations habituelles.

— Je n'exagère même pas ! s'insurge le ministre des Finances, d'une voix théâtrale. Demandez à n'importe quel citoyen s'il veut protéger les petits oiseaux, les grenouilles ou les – comment déjà ? – rainettes faux-grillon ou le ginseng à cinq folioles ! Il vous répondra oui, le poing en l'air. Mais suggérez-lui de renoncer à sa deuxième automobile ou à son troisième ordinateur et il votera pour votre adversaire. Privez-le d'électricité pendant 24 heures et il hurlera comme un cochon qu'on égorge. De la pure hypocrisie ! Tout le monde est pour l'énergie propre, mais n'allez surtout pas installer une centrale hydroélectrique ou une éolienne près de chez eux. Ce sera le drame. Une supercherie, vous dis-je !

— Philippe, ça va faire ! tonne le premier ministre.

Rouge comme un radis, le ministre s'engonce dans sa chaise. Le silence revient. Le premier ministre reprend la parole.

— J'ai promis que l'environnement serait la priorité de ce mandat, mais sans négliger les projets créateurs de richesse. Nous avons trop souvent reculé, abandonné des projets prometteurs et baissé les bras devant les pressions des écologistes. Ce temps est révolu. Chaque fois qu'un écolo nous attaquera, nous devrons répliquer. Nous devons démontrer que nous prenons l'environnement au sérieux, mais sans pour autant écarter les projets rentables. Quand les Steven Guilbeault de ce monde hurleront, nous crierons plus fort qu'eux. Et s'il devait s'avérer que des écologistes sont les auteurs de ces deux incidents et des deux communiqués, il faudra leur donner une bonne leçon. Mais ça ne doit pas nous détourner d'aller vers une économie de plus en plus verte.

Le ministre des Finances branle furieusement la tête.

— Une économie verte! répète-t-il d'un ton railleur. En promettant des milliers d'examens environnementaux, en consultant ad nauseam et en dépensant des millions pour sauver des bibittes et faire plaisir à ces tarés d'enverdeurs! C'est ça notre grand projet?

Le ministre des Finances se lève et quitte la salle du Conseil des ministres en claquant la porte.

Le premier ministre indique à ses interlocuteurs que la réunion est terminée. Il demande à Fiona Bouchard, la ministre de l'Environnement, de lui fournir un rapport complet sur les conséquences de l'explosion et au ministre de la Sécurité publique de s'assurer que la Sûreté du Québec ne négligera aucun effort pour découvrir les auteurs de ce méfait.

René Saint-Martin appelle son adjointe, quand ils ont quitté la pièce.

— C'est l'heure du thé, Adèle. Avec un peu de Bach en accompagnement? J'ai besoin de me changer les idées.

— J'arrive, monsieur le premier ministre.

La cinquantaine, une bouche sans lèvres, des paupières saillantes et de grands yeux noirs qui furètent partout, Adèle a des informateurs dans tous les bureaux de ministres et est au courant de tous les potins, dont elle s'empresse d'informer son patron.

Sobrement décoré, le bureau du chef du gouvernement en dit peu sur sa personnalité. Des photos de famille, un drapeau dans un angle, une petite table avec sa théière et une boîte de sachets de thé Tetley. Il en boit cinq ou six par jour, pas trop fort et pas trop chaud, une préparation qu'Adèle Verreault exécute les yeux fermés.

— Voulez-vous voir le gazouillis de la Beaupré, monsieur le premier ministre?

— Adèle, vas-tu cesser un jour de me donner du monsieur le premier ministre? Ça fait vingt ans qu'on se connaît. Tu ne crois pas qu'on pourrait alléger le ton?

— Vous êtes l'homme le plus important.

— Rappelle-moi ce que c'est qu'un gazouillis et qui est la Beaupré.

— Un gazouillis, c'est le joli mot français qu'on a trouvé pour traduire «tweet», vous savez, ces messages de 140 caractères qu'on met sur Twitter. Marie-Lune Beaupré, c'est la journaliste de Radio-Canada chargée de l'environnement.

— Et qu'est-ce qu'elle a gazouillé?

Adèle lui tend son BlackBerry.

@Beauprémlune. *Le fleuve agonise et Saint-Martin boit du thé!*

Le premier ministre rend l'appareil à Adèle. Contrarié, il hoche la tête.

— Votre épouse ne va pas mieux? le questionne Adèle.

— Non, fait-il d'une voix éteinte, pour la décourager de pousser plus loin la conversation.

— Qu'est-ce que vous voulez écouter? lui demande-t-elle.

— Que dirais-tu si on s'offrait le sixième concerto brandebourgeois avant ma rencontre avec le maire de Québec?

— Vous savez ce qu'il veut?

— De toute façon, je vais lui dire non. Mais il est drôle. J'ai besoin de rire un peu.

René Saint-Martin se cale dans sa chaise, les bras croisés derrière la nuque, les deux pieds sur le bureau. Les premières mesures de Jean-Sébastien Bach chassent de sa tête les images du bateau en flammes et du béluga mort. Elles lui font oublier les inepties de son ministre des Finances, qu'il a très envie de renvoyer à l'arrière-ban. Mais la vision de sa femme mourante éclipse toutes les autres et l'empêche d'apprécier la musique.

* * *

Le téléphone personnel de Marie-Lune Beaupré vibre. Un texto. Le message est bref : «*Le secret, c'est qu'il n'y a pas de secret.*» La citation d'André Comte-Sponville, l'écrivain français. La journaliste esquisse un grand sourire. La promesse de l'exclusivité l'enivre. «*Secret, il y a*», texte-t-elle, selon les formules convenues avec sa principale source d'information, qui refuse de s'identifier et qu'elle a tout simplement baptisée Secret. «Si le texto est en majuscules, tu m'appelles. S'il est en minuscules, tu viens. Tu ne cherches pas à savoir où je travaille, sinon je ne te parlerai plus jamais.» Pour mieux protéger sa source, Marie-Lune a pris l'habitude de communiquer avec elle sur son propre appareil plutôt que sur celui que lui fournit Radio-Canada.

Elle sort en trombe de la salle de rédaction, ignorant les appels exaspérés du chef de pupitre qui l'attend pour commencer une réunion.

— Où est-ce que tu penses que tu t'en vas comme ça ?

Elle fait la sourde oreille. Armée de son magnétophone, la journaliste sort de l'édifice à la hâte et hèle le premier taxi qu'elle aperçoit.

— Vite. Au 2058 Saint-Jean-Baptiste.

Le chauffeur roule des yeux impatients. «Ils sont toujours si pressés, ces jeunes-là ! Pour qui me prend-elle ? Un coureur automobile ?»

Tout au long du trajet, Marie-Lune Beaupré consulte ses courriels, relisant les deux derniers des biologistes qui l'alimentent régulièrement. «*C'est de pire en pire, écrit l'un d'eux. Le fleuve est devenu un dépotoir à ciel ouvert. Mon amie Amélie constate la même chose de l'autre côté.*» Marie-Lune tape une courte réponse. «*Je m'en vais voir une source absolument fiable. Je te reviens. Lâche pas.*»

Ralentie par les travaux de construction, la voiture taxi avance de quelques mètres à la fois. La journaliste tente de calmer son impatience alors que le chauffeur, un ressortissant serbe branché sur la musique de son pays, fait l'impossible pour éviter les bouchons.

Finalement arrivée à destination, elle paie la course, l'assortit d'un modeste pourboire et frappe quatre fois à la porte, comme convenu. Après quelques instants, un homme, téléphone à l'oreille, tire légèrement le rideau, vérifie l'identité de sa visiteuse et lui ouvre.

L'appartement est sombre. Marie-Lune a toujours une légère crainte chaque fois qu'elle y pénètre. Pendant qu'il termine un appel, elle s'assoit sur un sofa inconfortable et observe son interlocuteur à la dérobée.

— Quelqu'un t'offre un concert? se moque-t-elle.

Secret roule des yeux excédés. Son nouveau voisin, un étudiant, lui impose sans arrêt «ces barbaries» que Secret croit être du rap, ce genre de musique qui hurle des insanités en anglais comme en français.

— Ça fait deux fois que je me plains au propriétaire. Et après ton départ, je retourne le voir et si ça ne change pas, j'appelle la police. On avait convenu qu'il ne louerait pas à des étudiants.

Marie-Lune Beaupré est agacée par l'intransigeance de son interlocuteur, mais se garde bien de le souligner. Il lui offre un verre d'eau et s'assoit devant elle.

Marie-Lune Beaupré est journaliste à Radio-Canada depuis dix ans. Après un passage remarqué aux faits divers, elle s'est vu confier les dossiers de l'environnement. Lentement, elle a établi des contacts parmi les groupes écologistes et certains biologistes du ministère. Elle est souvent alimentée par cette «source fiable», qui lui a permis d'obtenir plusieurs exclusivités. Une scierie de Portneuf a fermé ses portes à la suite d'une série de reportages de Marie-Lune. Une raffinerie de la Rive-Sud s'est vu imposer de fortes amendes après que la journaliste a découvert qu'elle déversait des résidus de pétrole dans le fleuve.

D'origine vietnamienne, adoptée à l'âge de deux ans par un couple d'enseignants de Saint-Luce-sur-Mer, elle n'est pas très grande, avec de beaux yeux inquisiteurs. Ses cheveux en bataille reflètent sa personnalité, frondeuse et déterminée.

Elle vit seule, consacrant tout son temps au journalisme et à un roman qu'elle a commencé il y a cinq ans. Sa vie amoureuse est un désastre.

— Les conditions sont toujours les mêmes. Tu cites une source fiable et pas un mot de plus.

— T'ai-je jamais trahi ? demande Marie-Lune Beaupré.

Secret y va d'un imperceptible rictus. Depuis trois ans, il est la source principale des exclusivités de la journaliste. La première fois qu'il l'a contactée, il lui avait donné rendez-vous dans un petit restaurant de Saint-Antoine-de-Tilly, bien à l'abri des regards indiscrets. «J'ai un scoop pour toi», lui avait-il proposé au téléphone. Elle s'était méfiée de cet inconnu, mais appâtée par la promesse d'information, elle s'était laissée convaincre, cachant dans son sac à main un couteau de cuisine pour se défendre, le cas échéant. Elle avait été surprise par son allure, mais s'était efforcée de ne pas tirer de conclusions hâtives de sa façon de s'habiller ou de se coiffer, devinant par la suite qu'il occupait un poste important au sein de l'appareil gouvernemental.

— Pourquoi faites-vous ça ? lui avait-elle demandé.

— Parce que personne ne prend l'environnement au sérieux. On me traite de bouffon. La seule façon de les faire bouger, c'est de les humilier. Tu y trouveras ton compte aussi. Et si ça ne fonctionne pas, je trouverai d'autres moyens.

Il lui avait alors donné tous les détails d'un déversement d'égout dans le fleuve. Le reportage de Marie-Lune avait conduit à la démission de plusieurs dirigeants municipaux, d'un haut fonctionnaire du gouvernement et, en fin de compte, au remplacement du ministre de l'Environnement. Depuis, Marie-Lune et Secret se sont rencontrés souvent, chez lui ou ailleurs, et jamais il n'a eu le moindre geste déplacé à son endroit. Pourquoi l'a-t-il choisie ?

— Parce que t'es la seule dans la région de Québec qui s'intéresse à l'environnement et qui comprend les enjeux.

— Rien d'autre ? lui a-t-elle répondu avec une pointe d'ironie.

— Rien d'autre. Je n'ai aucun intérêt pour ta petite personne, rassure-toi.

— Je t'écoute, dit la journaliste, pressée d'obtenir l'information qui, elle l'espère, la propulsera encore une fois en manchette du radiojournal et du téléjournal.

Que son informateur l'ait convoquée à l'heure du lunch lui laisse croire que l'information est importante. Comme à chaque rencontre, il lui interdit d'enregistrer la conversation et elle est tentée, comme chaque fois, de l'enregistrer à son insu avec son téléphone intelligent. Mais l'éthique professionnelle reprend le dessus et, frustrée, elle se résigne à taper des notes à toute vitesse sur sa tablette électronique.

— Radio-Canada n'en a fait qu'une minable nouvelle de fin de bulletin, ce matin, mais l'explosion du bateau de pêche hier soir près de Berthier-sur-Mer n'est pas un simple accident. Un groupe terroriste qui se nomme la cellule Sauvons le Saint-Laurent a revendiqué la paternité de l'explosion. Ils se font très menaçants.

Des terroristes? Une cellule comme au temps du FLQ? L'adrénaline coule à flots dans les veines de la journaliste.

— La police est sur le coup?

— Bien sûr, le communiqué a été acheminé au quartier général de la SQ.

— Un communiqué? s'étonne Marie-Lune. Et comment réagit le premier ministre?

— Il paraît qu'il est convaincu qu'il s'agit d'un canular de cégépiens ou d'une opération de relations publiques d'écologistes en mal d'attention. Il s'en remet à la Sûreté du Québec et préfère ne rien dévoiler. Mais, à ce qu'on m'a dit, ça n'a pas empêché notre brillant ministre des Finances de se lancer dans une tirade grossière: «L'environnement, c'est de la foutaise!»

— Il a vraiment dit ça?

— C'est ce qu'on m'a raconté.

— Et pourquoi le premier ministre et le chef de la SQ étouffent-ils l'affaire? Pour ne pas faire peur au monde?

— Tu as tout compris. Ils veulent être certains qu'il ne s'agit pas d'une mauvaise blague avant d'alerter la population.

— Qu'est-ce qu'on sait du propriétaire du bateau, de ses antécédents? s'enquiert-elle.

— Rien à lui reprocher. On lui a volé le bateau, qui était pourtant bien amarré au quai. Mais fais confirmer ces informations par la police. De toute façon, il vous faut toujours deux sources fiables à Radio-Canada, n'est-ce pas? T'en trouveras une deuxième, comme d'habitude.

Marie-Lune Beaupré fronce les sourcils. Une source à la Sûreté du Québec pourra peut-être l'aider. Secret se lève, indiquant que l'entretien est terminé.

— Et quel est ton intérêt dans tout ça? Pourquoi me refiles-tu ces informations?

Impatient de mettre fin à la rencontre, Secret lui montre la sortie.

— Toujours pour les mêmes raisons. Si on ne bouscule pas nos élus, à commencer par le premier ministre, ils ne bougent pas. Tôt ou tard, il faudra prendre l'environnement au sérieux. Tôt ou tard, il faudra en parler. J'espère que ton reportage fera avancer le débat. Et j'aurai ajouté une pierre de plus dans l'édification de ta brillante carrière.

Avant de la renvoyer, Secret interpelle la journaliste.

— Si tu as des sources du côté de L'Isle-aux-Grues, vérifie l'histoire du béluga mort, retrouvé ce matin avec une inscription pas banale sur son flanc.

— Laquelle?

— Je ne t'en dis pas plus. Je ne vais quand même pas tout faire à ta place!

La porte se referme avant que Marie-Lune n'ait le temps de le relancer.

* * *

L'arc-en-ciel jaillit du fleuve dans un fourmillement de nuages. Au bout du chemin de l'Anse-aux-Sarcelles, une auto-patrouille de la Sûreté du Québec est immobilisée. Amélie Breton s'interroge. Que cherchent-ils? Un noyé? Elle s'approche des deux policiers occupés à examiner tous les recoins de la grève.

— Qu'est-ce qui se passe? leur demande-t-elle.

Les deux hommes la détaillent avec suspicion. La jeune femme leur explique qu'ils sont dans son milieu de travail. Elle est biologiste, employée du ministère de l'Environnement. Si elle peut les aider, elle le fera volontiers.

— C'est en lien avec l'explosion du bateau hier soir. Nous cherchons des débris qui pourraient nous en dire davantage sur les auteurs de cet acte criminel.

— Un acte criminel? s'étonne Amélie. Ce n'était pas un accident?

— Nous ne sommes pas autorisés à donner des informations sur nos enquêtes. Bonne journée, madame.

Leurs recherches terminées, les deux policiers mettent quelques objets dans un sac de plastique et s'en vont.

«Un acte criminel, s'inquiète Amélie, mais pourquoi? Qui aurait pu commettre un crime semblable? Des écologistes en colère? Ils ne s'attaqueraient sûrement pas au fleuve, ils trouveraient d'autres moyens.»

Elle ajuste son casque d'écoute et entreprend une tournée dans les battures. Elle se faufile parmi les longues herbes pour vérifier le nid d'une macreuse à bec jaune qui s'est envolée à son arrivée. La biologiste s'avance lentement dans la végétation riveraine, chaussée de longues bottes de caoutchouc. Elle se penche au-dessus du nid, compte rapidement les œufs et s'en retourne pour ne pas déranger davantage la couvée. Seulement cinq. Normalement, il y en a de six à huit. Un prédateur? Ou la «maudite pollution»? Elle s'accroupit un peu plus loin, inscrit les données dans son calepin. Elles sont désolantes. Partout, elle observe la même situation. Des couvées moins nombreuses, des canetons souvent plus fragiles. Son fleuve est en train de devenir un cimetière d'oiseaux. Les populations diminuent sans cesse, presque de moitié ces dernières années. Et en prime, des imbéciles font exploser un bateau rempli de 500 litres de pétrole!

En relevant la tête, Amélie a un geste de recul. Un énorme poisson s'est échoué sur la berge. Il bouge à peine. Épuisé, mourant? Elle n'est pas certaine de le reconnaître. Une baleine, un béluga? Elle s'approche un peu plus, attrape ses jumelles et les dirige sur l'animal. Un poisson immense. Il mesure au moins un mètre et demi et pèse sûrement une tonne. Comment se fait-il qu'elle n'en ait jamais vu de semblable? Serait-ce un poisson rendu difforme par la pollution? Soudain, une image lui vient en tête. Elle se souvient d'un article publié dans *Le Soleil* et coiffé d'une photo d'un poisson-lune qui s'était échoué à Trois-Pistoles. L'incident avait beaucoup intrigué les biologistes, qui s'étaient d'abord réjouis de la découverte, avant de déchanter. Habitués des régions tropicales, les poissons-lunes migrent de plus en plus vers le Saint-Laurent en raison du réchauffement des eaux. Ils confirment les changements profonds qui sont en train de se produire dans le fleuve. Plus aucun doute dans son esprit, Amélie envoie aussitôt un texto à Fabien: *«Immense poisson échoué sur la berge. Poisson-lune? Viens vite.»*

La réponse ne tarde pas. Quand il s'agit de ses amis, Fabien met parfois des heures avant de leur répondre. Jamais il ne fait attendre Amélie.

«Un poisson-lune? Tu niaises? J'arrive avec Jean.»

Amélie fouille dans son sac et en tire un guide des poissons. La môle, ou poisson-lune, ou *Mola mola*, est une espèce de la famille des Molidae. C'est le plus lourd des poissons osseux, sa masse moyenne atteignant 1000 kilogrammes. On le trouve dans les eaux tropicales et tempérées tout autour du monde. C'est un animal à la tête proéminente, sans queue, de forme aplatie et peu épaisse par rapport à sa hauteur. Nageoires comprises, une môle peut être aussi large que longue et se nourrit principalement de méduses.

Et justement, se dit Amélie, les méduses n'ont jamais été aussi nombreuses, car elles migrent elles aussi vers les eaux plus chaudes du fleuve. Elle n'a plus aucun doute, il s'agit bien d'un poisson-lune. Elle se souvient d'une vidéo de YouTube, dans laquelle un plongeur s'était accroché à la nageoire d'une môle. Le gros poisson aux yeux protubérants ne semblait pas s'en soucier le moins du monde. Pourquoi celui-ci s'est-il échoué dans l'Anse-aux-Sarcelles? Empoisonné par les déchets? Désorienté, si loin de son écosystème naturel? Comme le narval aperçu dans l'estuaire du Saint-Laurent l'an dernier ou le phoque barbu dans la rivière Saint-Maurice, tous deux égarés pour cause de bouleversements climatiques. Amélie se mord les lèvres et fait les cent pas en attendant Fabien. Doit-elle prévenir son supérieur? Elle hésite. Un gros poisson échoué sur la rive? Il se moquera encore d'elle.

Le soleil a repris ses droits. Mais cette fin d'après-midi lumineuse de mai n'arrive pas à camoufler les îlots de saletés qui affleurent à la surface du fleuve. Le poisson-lune se débat lentement dans les eaux boueuses. Elle voudrait pouvoir l'aider, le repousser au large, mais il est si gros. En attendant Fabien, elle envoie un texto à Guy Lemieux, son ami biologiste sur l'autre rive.

«*Salut. Un poisson-lune vient de s'échouer sur la rive. Mourant.*»

Il réplique aussitôt.

«*Pas sérieuse? Le deuxième ce printemps. Suis de + en + inquiet.*»

Moins d'une minute plus tard, Amélie reçoit un deuxième texto de Guy.

«*Faut agir et pousser nos patrons à sortir de leur tanière! J'avertis mon amie Marie-Lune, la journaliste de Radio-Canada. Prête à lui parler?*»

Amélie a un sourire méchant. Mettre une journaliste dans le coup? Marie-Lune Beaupré! Voilà une bonne idée. Et si son supérieur apprend qu'elle a parlé? Pourrait-elle être suspendue, perdre son emploi? Ce gouvernement n'est pas très porté sur la transparence. Tout en se défendant de les bâillonner, il a fait savoir à ses employés que la discrétion s'impose en toutes circonstances.

«Oui. As-tu son adresse courriel? J'en ai assez des incompétents qui nous gouvernent!»

«Impression que nous frôlons le désastre, reprend Guy. *Y a rien qui bouge. Marie-Lune ira te voir. Tu es la + proche de Québec.»*

Un autre message suit sans tarder: *«Et pas de souci. Je la connais bien. Fait l'université avec elle. Tu peux lui faire confiance.»*

Et un dernier: *«Si jamais ils t'ennuient, nous t'appuierons, tous solidaires.»*

Amélie hésite un instant, puis envoie un courriel à la journaliste.

«Salut. Je suis une amie de Guy Lemieux. Biologiste comme lui.

Un immense poisson-lune vient de s'échouer sur la rive, à des milliers de kilomètres de son habitat naturel. Et, si ça peut t'intéresser, deux policiers enquêtaient tout à l'heure sur l'explosion du bateau de pêche hier soir. Ils m'ont dit que c'était un acte criminel, et non pas un accident. Je n'ai pas réussi à leur soutirer plus de détails.»

Le courriel allume un grand sourire sur le visage de Marie-Lune Beaupré. Voilà les confidences de son informateur qui se confirment. Reste à faire entériner par la SQ les informations sur la cellule et les intentions terroristes des auteurs de l'explosion. Quelques sources dans le mouvement écologiste pourraient aussi l'aider.

«Merci mille fois, Amélie, et n'hésite surtout pas si t'apprends autre chose. Au plaisir de te rencontrer.»

Amélie remet son portable dans sa poche et tourne la tête vers la route où s'arrête l'automobile de Fabien.

40

Accompagné de Jean Plourde, il accourt comme si la vie d'un humain en dépendait. Amélie leur indique l'endroit où le gros poisson s'est envasé. En l'apercevant, les deux hommes ouvrent de grands yeux étonnés.

— J'ai jamais rien vu de pareil, constate Jean Plourde, un garçon imposant aux épaules larges et à la poitrine musclée. Quel étrange poisson! On dirait qu'il est né avec une malformation.

Le teint basané, Jean Plourde a des cheveux très noirs qui retombent sur des yeux toujours en mouvement. Enseignant à l'école du village, il est de toutes les causes environnementales. Opposé au pétrole et à son transport par bateau, à la construction d'oléoducs et de terminaux maritimes, il organise des manifestations, fait signer des pétitions. Il a même été arrêté par la police pour avoir badigeonné l'automobile du député de peinture rouge sang.

— Pensez-vous qu'on peut le retourner au fleuve? demande Amélie.

Fabien fait quelques pas en direction du poisson, suivi de Jean.

— Ne vous approchez pas trop, recommande Émilie. Un coup de queue et il vous blessera.

Les deux hommes font de grands gestes de la main pour effrayer le poisson-lune. À peine remue-t-il les nageoires. Piteux barbotage qui n'annonce rien de bon.

— Il paraît que c'est le plus gros poisson du monde. J'ai lu quelque part qu'il pouvait peser jusqu'à 2 300 kilos. Incroyable! s'exclame Fabien.

— Essayons de le pousser et de lui tourner la tête vers le grand large, propose Jean.

Le visage tordu dans une douloureuse crispation, se mordant la lèvre inférieure, Amélie fulmine en constatant encore une fois les dommages que la pollution cause à son fleuve. Elle suit des yeux chaque geste des deux hommes, en souhaitant que le poisson-lune ait encore assez d'énergie pour reprendre sa route. La vue de l'animal en détresse la met en rogne. Pourquoi tant de bouleversements dans son cher Saint-Laurent ? Après les poissons-lunes et les méduses, quelle autre espèce envahira le majestueux cours d'eau, qui est pour elle un être vivant ? Les carpes asiatiques qui chamboulent déjà l'écosystème des Grands Lacs ? Et qui bientôt bouleverseront l'habitat des poissons et mammifères marins indigènes du fleuve ? Elle se souvient encore du béluga qui, la tête hors de l'eau, claquait des dents près de l'île aux Pommes au large de Trois-Pistoles. Un comportement étrange, inusité. Du jamais-vu. Pourquoi le béluga se comportait-il de la sorte ?

Avec mille précautions, Jean et Fabien tentent de pousser l'animal vers le large, mais n'y arrivent pas. Il est beaucoup trop lourd. Au bout de dix minutes, ils mettent fin à l'opération. À voir la mine abattue des deux hommes, Amélie comprend que le poisson-lune est mort. Elle envoie un message au centre d'observation. Ils voudront sûrement examiner la carcasse s'ils réussissent à la transporter sur la rive. Jean Plourde sort un joint de marijuana de sa poche, l'allume et l'offre à Fabien qui tire une grosse bouffée. Amélie en fait autant.

— À la demande de Guy, je viens de parler à la journaliste de Radio-Canada.

— Bonne idée, affirme Jean. Elle est capable de trousser un reportage pertinent, percutant même. Elle l'a fait si souvent. J'ai même entendu dire qu'on a peur d'elle au gouvernement.

Fabien lève la main pour le calmer.

— Qu'est-ce que tu lui as dit ?

— Qu'un poisson-lune venait de s'échouer sur la berge et que deux policiers enquêtaient tantôt sur l'explosion du bateau de pêche. Ils m'ont dit que c'était un acte criminel.

Fabien se montre surpris, mais il préfère ne pas s'étendre davantage sur le sujet.

— Parle-lui toujours confidentiellement si tu ne veux pas perdre ton emploi. Fais-lui promettre qu'elle ne te citera pas. Tu connais les requins du ministère. Ils sont capables des pires bassesses avec l'appui du bureau du premier ministre. Bande de charognards!

— Guy m'a assurée que tous les biologistes m'appuieraient s'il m'arrive un malheur.

— Ça ne te redonnera pas ton emploi, laisse tomber Fabien.

— Je commence à en avoir assez de faire un travail que personne ne reconnaît, maugrée-t-elle. Au ministère à Québec, ils ne retiennent jamais mes recommandations. Aussi longtemps que ce gouvernement d'enfoirés sera au pouvoir, rien ne va se passer.

— Pourquoi, suggère Jean, naïvement, on n'irait pas déposer la carcasse du poisson-lune devant le parlement?

Amélie aime bien l'idée, même si ces gestes d'éclat donnent rarement de bons résultats. Même pas au chapitre de la sensibilisation. Les gens sont agacés par de telles actions. Ils n'aiment pas qu'on dérange leur petit train-train quotidien et qu'on leur mette sous le nez l'odeur de la pourriture qui tue le fleuve.

— Comment t'y prendras-tu pour le sortir de l'eau et le transporter? demande Amélie.

Radio-Canada, bulletin de midi

Bonjour. Une vague de terrorisme menace le Québec.

Radio-Canada a appris que deux incidents survenus dans les dernières heures sont l'œuvre d'une mystérieuse cellule composée d'écologistes radicalisés. Voici ce que Marie-Lune Beaupré a obtenu:

«Une source très fiable confirme que la cellule dite Sauvons le Saint-Laurent a revendiqué l'explosion qui a soufflé un bateau de pêche contenant 500 litres de pétrole, hier soir. La Sûreté du Québec se contente de dire que l'explosion au large de Berthier-sur-Mer est d'origine criminelle. Elle a ordonné une enquête et pas plus tard que ce matin, des policiers fouillaient les berges

du Saint-Laurent à la recherche d'indices. Quant à la cellule terroriste Sauvons le Saint-Laurent, le porte-parole de la SQ refuse carrément d'en confirmer l'existence. Qui sont les auteurs du crime? Dans un premier temps, les policiers montrent du doigt des militants écologistes, mais pourquoi s'en seraient-ils pris au fleuve qu'ils ne cessent de défendre?

Par ailleurs, un béluga a été retrouvé mort ce matin sur la grève de L'Isle-aux-Grues. Quelqu'un avait inscrit «Mort à Saint-Martin et à Mesmer!» à la peinture noire sur le flanc du mammifère marin. Personne n'a revendiqué le geste. La Sûreté du Québec a ouvert une enquête, mais refuse de dire s'il y a un lien entre les deux incidents.

Marie-Lune Beaupré à Québec. »

Quand elle reçoit le courriel de son ami Guy Lemieux, Marie-Lune Beaupré regarde sa montre. Déjà 14 heures. Doit-elle se rendre immédiatement à l'Anse-aux-Sarcelles, à une demi-heure de route de Québec? Ne devrait-elle pas attendre à demain? Elle veut vérifier cette histoire de cellule terroriste et sa source à la SQ a promis de la rappeler rapidement. Non, un poisson-lune mérite qu'elle se mette tout de suite en route. Il donnera des images spectaculaires pour la version télé de son reportage. «Pourvu que le maudit pont ne soit pas encore bloqué par les éternels travaux de réfection. »

— J'ai besoin d'un caméraman pour une grosse histoire. Je veux Charles.

Charles Pépin est son complice, celui qui l'accompagne dans toutes les missions, qui sait se faufiler entre les barrages de policiers, s'infiltrer dans des groupes de manifestants ou surprendre le plus petit des oiseaux. Et en plus, il conduit rapidement. «Tu te prends encore pour Villeneuve!» lui dit-elle souvent à la blague.

— Où vas-tu comme ça? hurle le chef de pupitre. Où est le topo que tu m'as promis pour le bulletin de 16 heures?

Elle le repousse d'un geste de la main.

44

— Tu l'auras quand il sera prêt. Je vais écrire dans l'auto et faire le montage du topo télé avec Charles dans le camion. Je pars au maximum deux heures. J'ai encore besoin de confirmations. Garde-moi deux ou trois minutes dans le bulletin. Tu vas tomber de ta chaise.

Le chef de pupitre est excédé. Deux heures? Un topo de trois minutes! Pour qui se prend-elle? Si au moins il savait ce qui fait courir Marie-Lune. Tout ça pour des crimes probablement commis par quelques voyous. Ça veut surtout dire qu'il devra coller au bureau plus longtemps, lui qui avait promis à sa fille de l'accompagner à son match de soccer.

— Pis? comment vont tes amours? demande Charles Pépin à Marie-Lune sur un ton taquin.

— Je suis sur le point de l'envoyer paître.

— Encore! Ce sera le troisième depuis le début de l'année. Tu vas battre tous les records! en remet le caméraman.

— Tous les hommes sont les mêmes. Ils ne pensent qu'au cul. Cinq minutes après t'avoir abordée, ils sont prêts à te déshabiller. Tous des obsédés qui ne pensent qu'à eux-mêmes. Quand je travaille tard, Louis-Étienne hurle comme un imbécile. Si je suis trop fatiguée pour baiser, il boude. J'en ai plein le cul!

Elle se tourne vers lui.

— Dommage que tu sois gai, on ferait un beau couple!

Charles éclate de rire. Quand ils arrivent à l'Anse-aux-Sarcelles, le soleil de fin d'après-midi picole sur le fleuve. Marie-Lune repère aussitôt Amélie et fonce vers elle. Elle la mitraille de questions. La journaliste examine longuement la carcasse du poisson-lune. Son caméraman exploite tous les angles de la scène. Avec un sens de l'observation affûté qui étonne Amélie, Marie-Lune balaie le fleuve du regard et se tourne vers Fabien et Jean, en pointant la barque de Cyprien Lagrange.

— On peut s'en servir?

— Oui, fait Jean rapidement, avant que Fabien n'ait le temps d'ouvrir la bouche.

— Tu viens avec moi? propose Marie-Lune à Amélie d'un ton amène. C'est toi la biologiste qui couvre ce territoire?

Devant l'hésitation d'Amélie, la journaliste se fait rassurante.

— Ne t'inquiète pas, si tu ne veux pas que je mentionne ton nom, je ne le ferai pas. J'écrirai le reportage de façon qu'on ne soupçonne pas que tu m'as parlé. Je ne dévoile jamais mes sources et je respecte toujours l'anonymat quand on me le demande. Je connais trop bien tes patrons. Une bande de traîne-savates prêts aux pires bassesses pour sauver leurs culs!

— Il paraît que Paul Lévesque, le sous-ministre, leur brasse souvent la cage.

— C'est ce qu'on raconte, rétorque Marie-Lune, mais a-t-il vraiment de l'influence?

Amélie n'est qu'à demi rassurée. Quand ses patrons entendront le reportage en provenance de l'Anse-aux-Sarcelles, ils comprendront que les informations proviennent d'elle. Son supérieur saura immédiatement qu'elle est la source de Marie-Lune. Mais tant pis, elle veut en avoir le cœur net et faire bouger les choses.

— Allons-y, dit-elle en prenant la place de Jean, qui l'encourage d'un clin d'œil.

Charles Pépin les accompagne, caméra à l'épaule. Le fleuve est calme. Amélie rame lentement. Marie-Lune Beaupré s'étonne.

— Il y a des montagnes de déchets. C'est toujours comme ça?

Amélie hoche la tête d'un air de dépit.

— Ça vient de partout. Des égouts de tout un chacun, sans compter ces citoyens dégueulasses qui profitent du petit jour ou de la tombée de la nuit pour décharger de pleins coffres d'automobile de rebuts de toute sorte.

La journaliste collige les informations dans un petit calepin quand son portable sonne.

— Allo !

Elle secoue furieusement la tête. La requête du chef de pupitre l'horripile.

— Je t'ai promis un reportage et tu l'auras. Je pense être tombée sur une autre grosse histoire.

Elle regarde au large, impatiente, en niant vigoureusement de la tête.

— J'ai dit non ! Merde, laisse-moi travailler. On prépare le topo dès que j'aurai tout mon matériel. Te tiens au courant. Salut.

Amélie la dévisage, admirative devant la combativité de Marie-Lune.

— Je suis sur une grosse histoire. As-tu écouté le bulletin de midi ?

— Non. Est-ce que ce serait relié à l'explosion du bateau hier soir ?

Marie-Lune Beaupré répète ce qu'elle a dit en ondes plus tôt.

— Sur un béluga ? se désole Amélie. Je ne peux pas le croire.

Le portable de la journaliste sonne de nouveau. «Pas d'identification de l'appelant» apparaît sur l'afficheur. Son contact de la SQ ?

— Salut.

Le visage de Marie-Lune Beaupré se fige. La bouche entrouverte, elle écoute attentivement les propos de son interlocuteur.

— T'es absolument certain ? dit-elle.

Elle remet son portable dans son sac et demande à Amélie de la ramener à la rive.

— Je te laisse mon numéro de portable. Tu m'appelles quand tu veux et n'aie pas peur de me déranger. Même les plus petits détails m'intéressent. Et pour plus de confidentialité, trouve-toi un nom de courriel et de texto. Poisson-lune par exemple !

Aussitôt revenus à leur camion, la journaliste et le caméraman se mettent au travail. Marie-Lune prépare un reportage radio pendant que Charles assemble des images pour la version télé.

Radio-Canada, bulletin de 18 heures

Mesdames, messieurs, bonsoir. Nouveaux développements dans les dossiers du bateau de pêche de Berthier-sur-Mer et du béluga de L'Isle-aux-Grues. La Sûreté du Québec se lance dans une vaste chasse aux terroristes-écologistes. Voici Marie-Lune Beaupré :

« Selon une source fiable, les policiers agissent sous les ordres directs du premier ministre René Saint-Martin. La Sûreté du Québec a déjà interrogé plusieurs écologistes connus et se propose d'en faire autant dans les prochaines heures partout au Québec. Les enquêteurs vérifient les antécédents et les allées et venues des suspects. Aucune arrestation n'a encore été effectuée. Et comme pour donner raison aux présumés terroristes, un immense poisson-lune est venu mourir sur les rives de l'Anse-aux-Sarcelles, à une trentaine de kilomètres de Québec, vraisemblablement empoisonné par les eaux polluées et acidifiées du fleuve. Ce poisson exotique, attiré par les eaux plus chaudes du Saint-Laurent, se trouvait à des milliers de kilomètres de son habitat naturel. Biologistes et résidents de l'Anse ont bien tenté de le retourner au large, sans succès. Selon des biologistes à qui nous avons parlé, c'est le deuxième poisson-lune à venir mourir aux pieds de Québec cette année. Et selon eux, ce n'est que le début d'une invasion qui détruira la faune aquatique. L'arrivée de poissons-lunes, de méduses, de carpes asiatiques et autres représente une grave menace pour les espèces indigènes.

Marie-Lune Beaupré à Berthier-sur-Mer. »

— T'as texté tes amis de Québec aujourd'hui ? demande Amélie. Qu'est-ce qu'ils disent de l'explosion du bateau à Berthier et du béluga de L'Isle-aux-Grues ?

Jean hausse les épaules. Fabien détourne la tête. L'arrivée d'une automobile interrompt la conversation. Deux hommes en descendent, complet-cravate et souliers vernis.

— Jean Plourde, Fabien Robert ?

— Que cherchez-vous ? demande Jean.

— Émile Lafrenière et mon collègue Claude Boulet, enquêteurs à la Sûreté du Québec.

Les deux hommes montrent leur plaque d'identité.

— On aurait quelques questions à vous poser, enchaîne Lafrenière.

Amélie se retire, inquiète. Un pressentiment l'habite qu'elle ne peut pas identifier. L'interrogatoire dure une dizaine de minutes. Les deux policiers veulent avant tout vérifier les allées et venues de Jean et Fabien au cours des 24 dernières heures. Lorsque Fabien jure qu'ils ont passé la soirée ensemble à l'Anse-aux-Sarcelles, Jean se dépêche de le confirmer. L'explosion du bateau de pêche et le béluga mort à L'Isle-aux-Grues, ils en ont entendu parler pour la première fois en écoutant la radio. Jean s'indigne quand les enquêteurs l'associent aux groupes de manifestants écologistes les plus radicaux, ceux qui en ont souvent décousu avec la police au cours des dernières années.

— Ça ne fait pas de moi un criminel, et encore moins un terroriste, se défend Jean pendant que Fabien garde le silence.

Les deux policiers les examinent longuement sans parler. Véritable séance d'intimidation. Fabien est impassible. Jean piétine, nerveux. Finalement, les enquêteurs notent les coordonnées des deux hommes et s'en retournent.

— Ils vous soupçonnent ? demande Amélie.

— Non, répond Jean. Ils voulaient juste savoir où on était le soir de l'explosion.

Amélie observe Fabien du coin de l'œil. Son visage s'est affaissé. Elle déballe sa collation, mord dans un œuf dur, mais recrache la bouchée. Elle envoie un courriel à Marie-Lune Beaupré : «*Deux enquêteurs de la Sûreté du Québec ont interrogé mes amis Fabien et Jean pendant quinze minutes, histoire de vérifier où ils étaient lundi soir. Salut.*»

Radio-Canada, bulletin de 17 heures

Bonjour. Le groupe terroriste qui serait à l'origine de l'explosion du bateau de pêche à Berthier-sur-Mer vient de faire parvenir un deuxième communiqué dans lequel il revendique l'inscription de mots menaçants sur la carcasse d'un béluga de L'Isle-aux-Grues. Voici ce que Marie-Lune Beaupré a obtenu :

«De sources fiables, nous avons appris que ce deuxième communiqué de la cellule Sauvons le Saint-Laurent a les mêmes caractéristiques que le premier. Ce qui laisse croire que les deux incidents sont liés. Tant à Berthier-sur-Mer qu'à L'Isle-aux-Grues, les enquêteurs de la Sûreté du Québec piétinent. L'interrogatoire de nombreux militants écologistes n'a rien donné. Dans l'entourage du premier ministre René Saint-Martin, on essaie de se convaincre qu'il s'agit de l'œuvre de quelques étudiants désabusés, en mal d'attention. Mais une source fiable à la Sûreté du Québec a confié à Radio-Canada que les dirigeants sont inquiets et je cite : «Il ne s'agit pas d'un simple mauvais coup d'étudiants écervelés. Pour récupérer la carcasse d'un béluga et l'attacher à un pieu sur la plage, il faut savoir ce qu'on fait.» Fin de la citation. Même constat en ce qui a trait à l'explosion de Berthier-sur-Mer. L'opération a été bien planifiée et exécutée à la perfection pour avoir le maximum d'impact. La Sûreté du Québec pourrait rencontrer la presse dans les prochaines heures. Quant au premier ministre et à sa ministre de l'Environnement, ils

refusent de commenter, sous prétexte de ne pas accorder
de crédibilité aux auteurs de ces deux incidents.

Marie-Lune Beaupré à Québec. »

Amélie éteint l'application de Radio-Canada et referme son portable. Elle n'arrive pas à croire que des écologistes pollueraient le fleuve de la sorte. Et qu'un imbécile utiliserait un béluga mort dans le simple but d'envoyer un message aux gouvernements. Elle a horreur des scénarios de complot, mais elle se demande si des politiciens ou des hommes d'affaires reliés aux pétrolières n'auraient pas instigué ces gestes pour discréditer le mouvement écologiste, qui a réussi à braquer la majorité des Québécois contre la construction d'un oléoduc.

Dès que les biologistes du ministère arrivent pour exa-miner la carcasse, Amélie leur raconte tout ce qu'elle sait et décide de rentrer à la maison. Elle enfourche sa bicyclette et pédale lentement. Lorsqu'il l'aperçoit, Surprenant saute par-dessus la clôture et court à ses côtés. Amélie ne le voit pas, trop absorbée par les événements de la journée. Chez elle, Salicorne l'accueille en s'enroulant autour de sa jambe. Amélie s'assoit dans les marches, prend le chat dans ses bras et colle sa joue contre celle de l'animal qui ronronne à pleins poumons. Un moment de grande douceur qui dissipe les images du poisson-lune, des policiers, du béluga et de l'explosion.

Quand Fabien arrive, il allume aussitôt la télé. Frustrée, Amélie fait un pas vers l'appareil pour le fermer, mais y renonce. À quoi bon? Ça ne sert plus à rien. Elle nourrit Salicorne, se prépare un sandwich, décapsule une bière et retourne sur la galerie. Le soleil se noie derrière la futaie. Des hirondelles des granges virevoltent élégamment avant de rentrer dans leur nid de glaise, collé sous les larmiers de la maison de Cyprien Lagrange. Une belle soirée, qui n'adoucit en rien le mal à l'âme d'Amélie.

Elle repense à Marie-Lune Beaupré, qui exerce un métier qui l'a beaucoup attirée avant qu'elle ne choisisse la biologie. Elle récupère son téléphone, clique sur le numéro de la journaliste et lui envoie un texto.

«*Allo. Du nouveau?*»

La réponse de la journaliste est instantanée.

«*Oui, écoute les nouvelles ce soir.*»

Fabien n'a pas bougé, le cœur déchiré. Est-ce vraiment la fin d'une relation qu'il aurait souhaitée durable, qui aurait donné un sens à sa vie? Qui l'aurait empêché d'être happé par les courants d'arrachement? Cette fois, aucune promesse n'attendrira Amélie. Et il ne veut plus en faire. Les questions se bousculent dans sa tête. Aime-t-il vraiment Amélie ou seulement comme on aime un objet précieux qu'on garde au fond d'un tiroir? Est-il capable d'aimer? S'il n'a pas réussi avec une fille comme elle, avec qui il a tant d'affinités, comment imaginer qu'il y arrivera avec quelqu'un d'autre? Pourquoi ne pas s'en tenir à l'amitié, pour ne plus être pris au piège de l'amour? Fabien coupe le son de la télé et s'avance devant le moustiquaire de la porte. Amélie ne se retourne pas.

— T'as mangé? lui demande-t-il.

Elle ne répond pas. Grimpée sur ses épaules, Salicorne observe Fabien, espérant qu'il les rejoigne et qu'il lui flatte le cou, comme il sait si bien le faire. Il l'ignore et va se préparer un sandwich, qu'il mangera devant la télé en surveillant distraitement un ennuyeux match de baseball des Blue Jays de Toronto. En entendant le son de la télé, Amélie se prend la tête à deux mains. Elle n'en peut plus. Qu'il parte au plus vite. Prolonger leur cohabitation ne fera qu'envenimer la situation. Elle en viendra à le détester. Demain, elle lui intimera de s'en aller avant la fin de la journée.

— Viens, Salicorne, on va dormir.

La chatte hésite un instant, tentée de passer la nuit dehors à chasser les mulots et à défier le grand hibou qui a pris la mauvaise habitude de la frôler d'un peu trop près.

Mais devant la promesse de partager le lit de sa maîtresse, elle ne se fait pas prier.

Salicorne sur les talons, Amélie se rend dans la salle de bain, brosse ses dents et retrouve son lit. La chatte entreprend de faire sa toilette de la journée, se pourléchant les pattes en premier. La jeune femme entend Fabien se lever, ouvrir le sofa-lit et s'y installer pour la nuit.

* * *

Marie-Lune Beaupré est la dernière à quitter la salle de rédaction de Radio-Canada, sous le regard courroucé du préposé au ménage qui attendait son départ pour terminer son travail. Elle a dû préparer un long reportage pour le téléjournal et un autre pour les bulletins de la nuit à la radio.

Mesdames, messieurs, bonsoir. Tout le Québec est sur les dents depuis que des terroristes ont fait exploser un bateau de pêche à Berthier-sur-Mer et ont sacrifié un béluga à L'Isle-aux-Grues. Voici ce que Marie-Lune Beaupré a appris :

« Gestes isolés, bravades d'adolescents ou actions bien ciblées, visant à déstabiliser le gouvernement ? Les hypothèses abondent. La Sûreté du Québec a interrogé une dizaine d'écologistes parmi les plus militants, deux d'entre eux ont même été détenus pendant plus de trois heures, mais en vain. La SQ a demandé aux citoyens des agglomérations riveraines de lui faire part de tout comportement ou geste inusité dont ils auraient été témoins.

Plus tôt aujourd'hui, le premier ministre Saint-Martin a mis sur pied un cabinet de crise, signal certain que le gouvernement prend les incidents très au sérieux. Pourtant, encore ce matin, le chef du gouvernement et son entourage préféraient croire à l'hypothèse que l'explosion était l'œuvre d'un groupe de « cégépiens écervelés ».

Une source policière a confié à Radio-Canada qu'un riverain de Berthier-sur-Mer a vu deux hommes s'enfuir par un sentier qui mène au fleuve, peu de temps après la mise à l'eau du bateau. À L'Isle-aux-Grues, un pêcheur a signalé à la Sûreté du Québec qu'on lui avait volé son embarcation. Le porte-parole de la SQ refuse de confirmer ces informations pour ne pas nuire aux enquêtes. Quant au déversement dans le fleuve de 500 litres de pétrole, Environnement Québec est vite passé à l'action pour récupérer une grande partie des hydrocarbures.

Marie-Lune Beaupré, Radio-Canada, Québec. »

La journaliste est fière de ses reportages, qui suscitent déjà des tonnes de réactions. Sa source, qui vient d'écouter le plus récent attentivement, fait une drôle de grimace. Beaupré a beaucoup plus d'information que lui, dont ce témoin qui aurait vu deux personnes s'enfuir. Sans compter l'enquête dans les milieux écologistes. Comment se fait-il qu'il n'ait pas eu connaissance de tous les documents relatifs à la crise ? Il devra voir à ce que cela ne puisse pas se reproduire à l'avenir.

Marie-Lune vérifie sa boîte vocale. Trois appels du beau Louis-Étienne. L'ignorer ? Le rejoindre, prendre un verre, se retrouver dans son lit, le regretter demain matin ? Elle hésite, se mord la lèvre inférieure, hèle un taxi et rentre à la maison.

Communiqué numéro trois

Tremblez-vous, maintenant? Regrettez-vous ces politiques à courte vue qui ont empoisonné le fleuve, nos forêts, nos lacs et nos rivières? Ces actes criminels pour lesquels vous serez condamnés sans plus de procès? Nous allons mettre fin au règne de ces dirigeants et de leurs ministres impuissants, minables valets des marchands d'hydrocarbures qui détruisent la planète!

La cellule Sauvons le Saint-Laurent

Le premier ministre relit le communiqué qu'Adèle lui a remis en branlant la tête de dépit. Il songe à le déchirer et à le jeter à la poubelle avant de se raviser.

— Adèle?

Sa collaboratrice arrive aussitôt.

— D'où vient cette enveloppe que t'as mise sur mon bureau?

Une simple enveloppe blanche sur laquelle on a écrit le prénom René, visiblement dactylographié sur un très vieil appareil.

— Quelqu'un l'a glissé sous la porte, j'imagine. Pourquoi?

Le premier ministre esquisse un geste de surprise et lui tend le communiqué. Adèle le lit rapidement. Son visage blanchit.

— Vous voulez que j'appelle Bernard Dupuis et que j'alerte les services de sécurité du parlement?

— Non, seulement le directeur de la SQ. Il ne faut rien précipiter. Dis-lui que c'est urgent, qu'il semble que les présumés terroristes aient déjoué la sécurité jusqu'à pouvoir glisser un communiqué sous la porte de mon bureau.

René Saint-Martin est songeur, angoissé. De toute évidence, celui ou celle qui a glissé le communiqué sous sa porte circule à loisir dans le parlement et peut même parvenir jusqu'au bureau du chef du gouvernement sans être inquiété. Qui est cette personne? Serait-ce quelqu'un qu'il croise tous les jours? Un fanatique qui peut tout faire sauter? Des ados attardés qui jouent aux terroristes pour sauver l'humanité? Qu'est-ce qu'ils ont tous à s'affoler avec l'environnement? Qu'est-ce qui lui échappe? Hier encore, les fixations écologiques étaient considérées comme farfelues, exagérées. A-t-il été si naïf, si inconscient, le seul à ne pas voir le problème? À quoi rime ce branle-bas planétaire contre le réchauffement climatique, comme s'il était minuit moins une? René Saint-Martin reconnaît que l'environnement ne l'a jamais préoccupé. Aujourd'hui encore, il n'est pas convaincu que ce soit une priorité pour ses concitoyens. Son imbuvable ministre des Finances n'a pas complètement tort. Si vous ne construisez pas d'éolienne ou d'oléoduc dans leur cour, les citoyens sont très contents de vivre avec leurs deux automobiles. Ils pratiquent le recyclage pour se donner bonne conscience, mais ne descendront pas dans la rue pour protester contre l'invasion des territoires des petits oiseaux et autres bibittes. Encore aujourd'hui, René Saint-Martin en est convaincu, la majorité refuse de suivre les ayatollahs de l'écologie.

Une heure plus tard, le premier ministre Saint-Martin s'attable avec Jean Lalonde, son chef de cabinet, son ami Paul Lévesque, le sous-ministre de l'Environnement, et Bernard Dupuis, le directeur de la Sûreté du Québec.

— Comme vous me l'avez recommandé la dernière fois, j'ai demandé à Adèle de faire des photocopies, pour éviter qu'il y ait trop d'empreintes digitales sur le communiqué.

Il leur remet à chacun une copie. Bernard Dupuis fronce les sourcils et s'engonce dans sa chaise. Jean Lalonde laisse échapper un juron. Paul Lévesque chausse ses lunettes, lit rapidement le document et le jette sur le bureau du premier ministre.

— C'est une bravade d'intellectuel à rabais et ça ne me dérange pas outre mesure, déclare le premier ministre. Ce qui me dérange, c'est que l'auteur ou le messager se soit rendu jusqu'à ma porte. Si elle n'avait pas été fermée à clé, j'imagine qu'il l'aurait déposé sur mon bureau?

— On a un gros problème, constate le directeur de la SQ.

— Si je comprends bien, vous n'êtes pas plus avancés dans vos enquêtes. Aucune arrestation, aucun témoin digne de ce nom. La Sûreté du Québec est complètement dépassée par les événements.

Bernard Dupuis ignore les remontrances du premier ministre.

— Nos meilleurs enquêteurs travaillent jour et nuit. On finira bien par trouver.

Le chef du gouvernement se tourne vers Paul Lévesque qui, contrairement à son habitude, a gardé le silence.

— Quelle est ton hypothèse, Paul?

Le sous-ministre affiche une moue dédaigneuse, comme si les agissements de quelques petits minables le laissaient indifférent.

— Je te l'ai toujours dit. Tu as tort de ne pas te préoccuper davantage de l'environnement. Dans un premier temps, les citoyens condamnent les auteurs de ces actes criminels, mais à la longue, c'est toi qu'ils blâmeront. Rappelle-toi le communiqué du FLQ, lu sur les ondes de Radio-Canada en 1970. Il a été accueilli dans l'indignation générale. Mais dans les jours suivants, plusieurs se sont sentis interpellés par le contenu du communiqué, même s'ils ne le disaient pas par crainte d'être arrêtés par la GRC. Tu risques de payer cher ta négligence et ton aveuglement.

— Ça va, ça va. Je n'ai pas la tête à recevoir tes leçons moralisatrices.

Le chef de cabinet du premier ministre renchérit.

— Il faudrait peut-être envoyer un signal pour calmer le jeu. On a déjà des plans pour verdir notre économie. Pourquoi ne pas les annoncer maintenant?

— Non, tranche le premier ministre. On aurait l'air de céder au chantage d'une bande de gamins. Il n'en est pas question.

Paul Lévesque est dépité. René Saint-Martin le fusille des yeux.

— Nous faisons face à un problème beaucoup plus urgent. Où en sommes-nous? demande-t-il en se tournant vers Bernard Dupuis.

— Nous allons renforcer la sécurité à l'intérieur et à l'extérieur du parlement. Je suggère qu'on verrouille les portes qui donnent accès à votre bureau, à ceux des ministres et celui de la chef de l'opposition.

— La prison! s'indigne le premier ministre.

Il s'avance vers Bernard Dupuis et, pointant l'index sous son nez, hausse le ton.

— Trouve-moi les coupables, et vite, sinon tu vas te chercher un autre emploi. Et de grâce, arrête de refiler des informations aux journalistes.

— Monsieur le…

— Assez. Maintenant, fais ton travail.

Bulletin de Radio-Canada, 18 heures

Mesdames, messieurs, bonsoir. Nouveau coup d'éclat de la cellule Sauvons le Saint-Laurent. Cette fois, c'est le premier ministre René Saint-Martin qui est directement visé par les membres de la cellule. Marie-Lune Beaupré a obtenu des informations exclusives:

« *Une source absolument fiable confirme que le troisième communiqué de la cellule Sauvons le Saint-Laurent a été glissé sous la porte du bureau du premier ministre sur la colline Parlementaire. Les auteurs du communiqué promettent de renverser le gouvernement de René Saint-Martin et de faire la vie dure à l'industrie pétrolière. Dans l'entourage du premier ministre, on est sous le choc. Qu'un intrus ait pu se rendre jusqu'à son bureau sans être importuné a de quoi inquiéter sérieusement. Les mesures de sécurité ont été renforcées. Une enquête interne est en cours. La police interroge les travailleurs de nuit et les chefs syndicaux, qui ont été très durs à l'endroit du gouvernement ces derniers temps. Aucune arrestation n'a été effectuée. Pour l'instant, les syndicats, le bureau du premier ministre et les dirigeants de la Sûreté du Québec refusent de commenter. Nous avons également appris que le premier ministre a exigé que l'information ne soit pas rendue publique pour ne pas ameuter inutilement la population et attribuer trop d'importance à un groupe qu'il juge marginal.*

D'autre part, la barque volée au pêcheur de L'Isle-aux-Grues a été retrouvée sur les berges du fleuve près de Montmagny. Des taches de sang maculaient le flanc gauche de l'embarcation. Selon une source policière, cela laisse croire qu'on a d'abord tué le béluga avant de l'attacher à la barque et d'en conduire le cadavre jusqu'à L'Isle-aux-Grues. Les policiers ont interrogé ce matin les membres d'un groupe écologiste de L'Isle, mais sans résultats.

Marie-Lune Beaupré à Québec. »

1er juin 2018,
quatre jours plus tard

Alerte météorologique émise par le Centre canadien de prévision des ouragans : un ouragan de catégorie 4, extrêmement rare si tôt dans la saison, se dirige en ce moment vers la côte Atlantique. Des vents de plus 150 kilomètres/heure pourraient provoquer des vagues de 10 mètres et causer de graves inondations. Surveillez nos alertes météorologiques.

Le huard réveille Amélie à plusieurs reprises. Plus bruyant que d'habitude, plus insistant, on dirait qu'il annonce une catastrophe. Même Salicorne dresse les oreilles. Au milieu de la nuit, à fleur de peau, Salicorne dans son sillage, Amélie sort de la maison pour écouter quelques mesures du concert nocturne. Ronchonnement du grand-duc, frou-frou d'ailes des chauves-souris, cacophonie de coassements de grenouilles et de ouaouarons, elle n'a jamais rien entendu de semblable. Quand une pluie fine se met à tomber, elle rentre. Salicorne tourne en rond, hésite, puis elle suit Amélie, retrouvant sa place dans le lit, le museau froid et les pattes humides de pluie.

Amélie ne s'est pas rendormie. Au sortir du lit, la mine dévastée, elle laisse sortir la chatte et saute dans la douche. Elle ne peut s'empêcher de penser à Fabien, qu'elle n'a pas vu, ni Jean, depuis quatre jours. Amélie ne comprend pas pourquoi l'envie de reprendre la conversation sur

61

leur relation avortée la tenaille. Elle en a la gorge nouée. Est-ce une bonne idée ? Refaire le procès ? Raviver tous les reproches ? Souligner les promesses non tenues ? Comme si on pouvait promettre la tendresse, l'amour. Elle a été naïve trop longtemps. Non. Elle en a assez de ce quotidien cloîtré. Sa réflexion est interrompue par la sonnerie de son portable.

— Salut, Guy, fait-elle d'une voix inquiète.

Salicorne gratte à la porte. Amélie laisse entrer l'animal.

— Merci, je vais allumer la radio immédiatement.

Aussitôt l'appel terminé, elle compose le numéro d'Olivier Bouchard, le maire de l'Anse-aux-Sarcelles.

— Guy vient de m'avertir d'un important déversement de pétrole dans le fleuve. Personne n'a l'air de savoir d'où ça vient. Venez m'aider avec tous les volontaires que vous pourrez trouver. On va essayer de sauver tous les oiseaux qu'on peut.

Elle jette une poignée de Whiskas dans le bol de Salicorne et saute sur sa bicyclette. Un épais brouillard enveloppe le canton. Elle ne voit pas plus loin que cinq mètres devant elle. La jeune femme file vers l'Anse-aux-Sarcelles, la tête pleine d'images désolantes. Elle pense aux bélugas qui ne survivront pas à un déversement important. Elle pense aux marées noires dévastatrices de l'Alaska et de la Louisiane. « Maudit pétrole ! C'était sûr que ça allait arriver un jour. Depuis le temps qu'on essaie de les prévenir ! Pourvu que ce soit un déversement mineur, comme celui de lundi dernier. »

En arrivant dans l'Anse, elle a un haut-le-cœur. La carcasse du poisson-lune gît sur la rive, dépecée, de grandes lanières de peau arrachées. Autant de morceaux que les spécialistes ont emportés pour les analyser. Les restes, un équarrisseur doit les récupérer en matinée. Des rapaces, dont un urubu menaçant, s'envolent de mauvais gré.

La visibilité est nulle. La carcasse d'un canard malard flotte dans une eau noircie, goudronneuse. Un cerne de pétrole salit l'encolure des longues herbes. Une odeur âcre empeste les battures. Amélie mord sa frustration à s'en déchirer les lèvres. Elle est désemparée. Où trouver de l'aide pour faire face à cette marée noire ?

En mettant les pieds dans l'Anse, le maire et quelques bénévoles sont aussi abasourdis qu'Amélie.

— Câlice ! s'exclame le maire.

Repérant la barque de Cyprien Lagrange, il la retourne, récupère les rames, fait monter Amélie et glisse lentement le long de la berge. Partout, cette eau noire, qui colle aux flancs de l'embarcation et aux rives souillées que les oiseaux ont désertées. Le portable de la biologiste vibre.

— Quoi ?

Elle jette un coup d'œil inquiet à Olivier Bouchard.

— C'est Sébastien, l'ornithologue de Baie-Saint-Paul. Il y a une marée noire là-bas aussi.

Et les déversements sont importants. Beaucoup plus que s'il ne s'agissait que d'actions irréfléchies de quelques écervelés. Mais d'où vient le pétrole ? s'interroge Amélie. Comment se fait-il que personne n'ait encore identifié la source ? Un pétrolier s'est-il échoué quelque part sur le fleuve ? A-t-il sombré ? Ces questions la torturent. En relevant les yeux, elle aperçoit un bénévole occupé à retirer de l'eau le cadavre d'un oiseau.

Une automobile s'immobilise à l'entrée de la route. Trois ornithologues qu'elle connaît depuis longtemps viennent vers elle, le visage inquiet. Des ornithologues qui l'accompagnent souvent dans ses tournées d'observation et qu'elle appelle dès qu'un oiseau plus rare se montre le bec.

— Peux-tu me dire ce qui se passe ? demande l'un d'eux. C'est noir partout, de Rivière-du-Loup à Kamouraska.

— Tout ce que je sais, répond Amélie, c'est que personne au gouvernement n'a encore donné de directives sur la marche à suivre.

— Pendant ce temps-là, rien n'est fait pour nettoyer le fleuve, se désole un collègue du premier ornithologue.

Les trois hommes s'approchent de la carcasse du poisson-lune, en se pinçant le nez pour ne pas inhaler l'odeur de putréfaction. L'un d'eux prend une photo, encore sous le choc devant un aussi gros poisson.

Les médias se déchaînent. Les premières images diffusées par les chaînes RDI et LCN sont alarmantes. Et les commentaires qui les accompagnent, encore davantage. Les médias sociaux répandent leur flot habituel de bêtises. Déversement catastrophique? Cette fois, la cellule Sauvons le Saint-Laurent a frappé fort, spéculent des observateurs. Les témoignages de riverains en panique se succèdent. Qu'arrivera-t-il si le pétrole s'est infiltré dans les prises d'eau potable? A-t-on eu assez de temps pour les fermer?

« Encore une fois, nos maudits enverdeurs crient au loup pour quelques gouttes de pétrole et un canard, qui serait mort de mort naturelle de toute façon», déblatère un commentateur. Mais la plupart des autres demandent des explications.

Amélie se branche sur Radio-Canada. Marie-Lune Beaupré est en ondes:

« Nous avons appris qu'il s'agit d'un déversement majeur, beaucoup plus que les 500 litres de lundi dernier, mais nos sources policières n'en connaissent pas la provenance. Il semble par ailleurs qu'aucune nouvelle explosion n'ait été signalée, d'un côté comme de l'autre du Saint-Laurent. Urgence Environnement est sur le qui- vive, mais l'intense brouillard l'empêche de s'aventurer sur le fleuve. Je vous reviens dès que j'ai plus de détails.

Marie-Lune Beaupré à Québec. »

La chef de l'opposition Olivia Lepage a convoqué une mêlée de presse. Devant la meute de journalistes, elle somme le gouvernement de donner des réponses aux citoyens et d'agir au plus vite. Comme d'habitude, elle ne fait pas dans la dentelle.

— Où est notre premier ministre? Pourquoi se cache-t-il au moment le plus crucial? Encore au lit avec les pétro- lières? N'a-t-il rien à nous dire? Ne va-t-il rien faire pour sauver notre joyau national que ce déversement menace de destruction, et les espèces en péril qui disparaîtront de nos paysages, peut-être définitivement ? Et la plus précieuse ressource de toutes, notre eau, que ce désastre est en train de contaminer ? Pourquoi ce silence, cette inertie de la part de nos dirigeants ? Notre gouvernement est-il à ce point à la solde des intérêts pétroliers ? Ou est-ce tout simplement que notre premier ministre est un cancre et que c'est par ignorance crasse qu'il se préoccupe si peu de protéger notre environnement ?

Jolie brune, la jeune cinquantaine, les yeux marron et les lèvres minces, Olivia Lepage est arrivée en politique tout droit d'un syndicat d'infirmières qui a fait une grève spectaculaire. Mère célibataire de trois enfants, elle a dû se battre pour atteindre la direction de son parti, les médias ne lui accordant que de faibles chances contre deux candidats rivaux, dont un protégé de la vieille garde qui, sans le dire ouvertement, ne voulait pas d'une femme, et encore moins d'une femme aux « idées de gauche dépassées ».

— Croyez-vous qu'il s'agit d'un acte terroriste ? lance un journaliste à la chef de l'opposition.

— Que le premier ministre nous dise exactement ce qu'il en est, sinon qu'il démissionne. Qu'il nous dise aussi pourquoi on a renforcé les mesures de sécurité à l'intérieur du parlement. J'ai maintenant deux gardes du corps qui m'attendent même à la porte de la salle de bain !

— Donc vous croyez qu'il s'agit d'un acte terroriste, insiste le journaliste, enchaînant, avant qu'elle puisse répondre : Croyez-vous que les auteurs soient la cellule Sauvons le Saint-Laurent ?

— Allez le demander au premier ministre ! Je suis mieux renseignée par les médias que par le chef du gouvernement. Tout ce que je vous dis, c'est que plus ce gouvernement s'obstinera à exploiter le gaz et le pétrole, plus il nous exposera à des catastrophes. Les risques sont ingérables ! Tôt ou tard, il devra sortir de sa tanière et rendre des comptes à la population.

— Vous êtes donc d'accord avec le contenu des communiqués des terroristes? insinue le journaliste.

Prise à contrepied, habituée aux questions complaisantes de la presse, la chef de l'opposition se retient de riposter avec la colère qu'elle ressent. Elle tourne les talons, laissant les journalistes sur leur faim.

Dans son bureau, le premier ministre fulmine et éteint la télévision.

— Quelle conne! Je ne l'ai jamais entendue dire autant d'âneries en si peu de temps. Et là, vous allez voir, les David Suzuki, Steven Guilbeault et compagnie vont se précipiter pour en remettre et multiplier les prophéties de malheur.

Adèle opine de la tête.

— Vous accuser d'être à la solde de qui que ce soit, franchement! Pour qui se prend-elle?

Même s'il prétend que les attaques de l'opposition ne l'atteignent pas, René Saint-Martin peste tout bas chaque fois qu'on l'écorche. Encore plus ces jours-ci. La mort prochaine de sa femme le rend vulnérable. Il avait prévu d'annoncer à ses compatriotes qu'il se retirerait pendant quelques jours pour être à ses côtés dans ses derniers moments, mais il devra se résigner à ne lui faire que de courtes visites. «Elle vous attendra encore quelques jours», l'a rassuré le médecin hier soir.

— C'est n'importe quoi! Me traiter d'ignorant, s'emporte-t-il. Si je suis un cancre, je suis en bonne compagnie. Churchill, Balzac, Malraux, ronchonne-t-il en les énumérant sur ses doigts, Flaubert, John Lennon étaient tous des cancres!

— Est-ce qu'on sait ce qui s'est passé? demande Adèle d'un ton lénifiant.

Le premier ministre hausse les épaules. Son chef de cabinet l'a breffé il y a une demi-heure et s'est fait apaisant: «Rien de trop grave, rien que le fleuve n'arrivera pas à éliminer avant la fin de la journée. Et rien n'indique qu'il s'agit d'un acte criminel.» Mais il ne décolère pas. Ce n'est pas la première fois que la chef de l'opposition dénonce les politiques du gouvernement en matière d'environnement. Elle lui reproche d'être obsédé par le pétrole, d'être de mèche avec les pétrolières pour exploiter le gisement Old Harry dans le Saint-Laurent et celui du sous-sol de l'île d'Anticosti, de se moquer des conséquences environnementales.

— Elle exagère tout le temps et ne voit pas plus loin que le bout de son nez! fulmine-t-il. Bien sûr qu'il faut protéger l'environnement! Mais nous avons aussi le devoir de créer des emplois! Nos ressources naturelles sont notre richesse! Si les conditions sont acceptables, nous irons de l'avant avec nos projets de développement. La Norvège exploite la ressource de façon intelligente, pourquoi pas nous? On ne parle pas de singer les Américains! Au Nebraska, leur manière d'extraire le gaz de schiste est carrément honteuse!

Le premier ministre se fait songeur.

— Tous les pays qui possèdent des ressources naturelles importantes se doivent de les exploiter, pour le bien-être de leur population. Sinon, comment voulez-vous qu'on puisse continuer à offrir aux citoyens les services qu'ils exigent et qu'ils nous reprochent sans cesse de ne pas leur fournir adéquatement? C'est notre police d'assurance, une garantie contre la misère.

René Saint-Martin s'interrompt à l'arrivée de son chef de cabinet, de la ministre de l'Environnement et de son sous-ministre.

— Alors? lance-t-il brusquement en direction de Paul Lévesque.

— On est inondés de messages de riverains inquiets et...

Le premier ministre lui coupe la parole.

— Qu'est-ce que vous voulez que j'en fasse? Si c'est si grave, il doit bien y avoir quelqu'un, quelque part, qui peut nous dire d'où ça provient.

— Les rapports commencent à rentrer, mais ils sont incomplets. J'attends toujours les informations de la Garde côtière et d'Urgence Environnement, en plus des résultats des analyses scientifiques qui détermineront l'origine du pétrole.

— Que dit la police?

— La GRC et la SQ sont dans le coup, explique le chef de cabinet. Mais le brouillard est actuellement si dense sur le fleuve que la visibilité est nulle.

— Pas un seul d'entre vous n'a pensé à appeler la raffinerie de Lévis? Un pétrolier peut-il s'être échoué dans le fleuve sans qu'elle en soit informée?

Paul Lévesque ouvre les mains dans un geste d'impuissance.

— Si un pétrolier s'était échoué, des signaux de détresse auraient été envoyés. La Garde côtière aurait été avisée et j'ose croire qu'elle nous aurait informés.

— Est-ce qu'on est capables d'établir un endroit où les déversements sont concentrés?

— Les premiers appels sont venus de l'Anse-aux-Sarcelles, puis de l'autre côté du fleuve, à la même hauteur.

Le premier ministre met le poing sur la table, en adressant un regard appuyé à chacun de ses trois collaborateurs.

— Je vous donne une heure pour me dire exactement ce qui se passe.

* * *

Le ciel a une teinte charbonneuse. La chape de brouillard opaque et blafarde qui couvre le fleuve se dissipe lentement. Le vent se lève. Avec des moyens de fortune, Amélie Breton s'affaire à tenter d'éponger le pétrole qui noircit la rive. Une tâche d'autant plus ardue qu'elle la sait totalement futile. Une perte de temps, qui l'enrage et la consterne à la fois. Soudain, en relevant la tête, elle sursaute. Quelle est cette masse immense qui se dessine dans le brouillard? Comment est-il possible qu'un bateau de cette taille puisse se trouver si près de la rive? La biologiste tire ses jumelles de son sac et les braque sur le navire. Elle est estomaquée.

— Monsieur le maire! Venez voir.

Il accourt à toutes jambes et s'empare des jumelles.

— Ciboire! jure-t-il.

Il reste un moment bouche bée, refusant d'en croire ses yeux.

— C'est quoi? insiste Amélie avec appréhension. Un cargo?

— Un superpétrolier. Regarde bien.

Amélie reprend ses jumelles et observe longuement le navire.

— Mais qu'est-ce qu'il fait là?

Au fur et à mesure que le brouillard se dissipe, Olivier Bouchard et Amélie déchiffrent le nom du navire, *Cap Vert*. Elle fait une rapide recherche sur Internet et découvre que le superpétrolier appartient à la société Euronavire et qu'il a été construit en Corée du Sud par Korean Heavy Industries. Il mesure 274 mètres sur 48 mètres de largeur et a un tirant d'eau de 55 pieds, ce qui signifie qu'à marée basse, il racle le fond du fleuve. Il transporte jusqu'à un million de barils de pétrole entre l'Algérie et la raffinerie de Lévis. Il a normalement un équipage de 25 personnes de toutes nationalités.

— Un million de barils! se désole Amélie. Assez pour détruire le fleuve à tout jamais.

Elle envoie un nouveau courriel à Urgence Environnement, en levant souvent les yeux de son téléphone pour les braquer sur le géant. Pourquoi est-il immobile si près de la rive? Un problème mécanique? Comment expliquer que la Garde côtière ne soit pas encore sur les lieux?

— J'imagine, suggère le maire, qu'il s'est enlisé et qu'il a laissé couler des centaines de barils de pétrole pour alléger sa cargaison. Si c'est le cas, c'est criminel. Ils t'ont répondu? ajoute-t-il en se tournant vers Amélie.

Elle jette un rapide coup d'œil à son portable.

— Un hélicoptère se mettra en route dès que le brouillard diminuera.

Amélie envoie aussitôt un texto à Marie-Lune Beaupré. «*Immense pétrolier immobile dans le fleuve. Anormalement proche de la rive. Le* Cap Vert, *d'Euronavire.*»

Des curieux commencent à s'attrouper sur la berge. Ébahis, comme si un ovni s'était posé dans leur cour. Quand le secrétaire de la municipalité arrive sur les lieux, il se prend la tête à deux mains.

— Je comprends mieux maintenant pourquoi notre eau goûte l'huile. Comment se fait-il que personne ne nous ait avertis de fermer la prise d'eau? Comment un aussi gros navire a-t-il pu s'arrêter devant chez nous sans qu'on entende le moindre bruit?

Certains hochent la tête, en murmurant d'inquiétude. Dans un brouillard aussi dense que celui qui a recouvert le Saint-Laurent depuis 24 heures, le pilote aurait dû faire entendre sa corne de brume. Elle n'a jamais retenti. Amélie pointe ses jumelles sur le superpétrolier et l'examine dans tous ses détails. Son portable vibre. Un message de Marie-Lune Beaupré: «*Merci pour l'info. Je vais en ondes dans cinq minutes. Autres développements?*»

La biologiste lui raconte ce qu'elle sait et se tourne vers le maire.

— C'est bizarre, on ne voit pas un seul membre d'équipage. Comme s'il n'y avait personne à bord. Branchons-nous sur la radio, suggère-t-elle.

Radio-Canada a appris qu'un superpétrolier, le Cap Vert, *de la société Euronavire, s'est immobilisé à la hauteur de l'Anse-aux-Sarcelles, anormalement proche de la rive. Voici Marie-Lune Beaupré:*

«*Tant la GRC que la Sûreté du Québec et le ministère de l'Environnement en sont encore à recueillir des informations sur le superpétrolier qui serait à l'origine de ce qui s'avère déjà être le plus important déversement d'hydrocarbure de l'histoire dans le fleuve Saint-Laurent. À l'Anse-aux-Sarcelles, les témoins consultés par*

Radio-Canada s'étonnent de ne détecter aucun signe de vie à bord du navire, comme s'il avait été abandonné. Bien que nous n'ayons pas encore pu faire confirmer cette information, il semble bien qu'aucun signal de détresse n'aurait été envoyé par le capitaine du Cap Vert. *De plus, selon nos informations, les dirigeants de l'Anse-aux-Sarcelles, accourus sur la grève, ont confirmé que la prise d'eau de la municipalité n'avait pu être fermée à temps. Nous suivons l'affaire de près et vous reviendrons dès que nous aurons d'autres informations.*

Marie-Lune Beaupré à Québec. »

Les premières informations arrivent au compte-gouttes sur le bureau du premier ministre.

— Comment est-il possible qu'une journaliste de la radio en sache plus que vous tous ? Vous dormez ou quoi ? s'insurge le chef du gouvernement.

Tous découvrent l'incident en même temps. Aucun signal d'urgence n'a été émis par le superpétrolier. Aucune communication n'a eu lieu entre le pilote québécois qui a pris le contrôle du navire aux Escoumins et la raffinerie de Lévis, sa destination. Celle-ci aurait-elle négligé d'alerter les autorités compétentes du retard ? Un scénario impensable. Et pourquoi le navire ne repart-il pas ?

Jean Lalonde, le chef de cabinet, entre dans le bureau de René Saint-Martin, le visage crispé. Il vient tout juste de recevoir un message de la Gendarmerie royale du Canada. « Ne pas s'approcher du navire avant d'avoir établi la communication avec ses occupants. »

— Le commandant m'a dit qu'il faudra faire preuve de la plus grande prudence. Des policiers ont été dépêchés à l'Anse-aux-Sarcelles.

— Il t'a précisé pourquoi ? demande le premier ministre.

— Non, il ne veut pas émettre d'hypothèse pour l'instant. Reste que le pétrolier est immobilisé à quelques kilomètres de Québec et qu'on ne sait toujours pas pourquoi.

La situation est sans précédent. Les conventions internationales exigent que les pilotes signalent le moindre problème. Après les nombreuses attaques de pirates des mers, les règles de sécurité ont été renforcées. Rien n'est laissé au hasard. Qui plus est, tous les pilotes ont reçu une formation leur permettant de détecter rapidement tout défaut de fonctionnement des appareils électroniques. Alors, comment se fait-il que le *Cap Vert* n'ait envoyé aucun signal de détresse ni tenté de communiquer avec qui que ce soit? Tous les membres de l'équipage seraient-ils morts en même temps? Empoisonnés ou asphyxiés? Si tel est le cas, il devrait être facile de monter sur l'océanique et de le remorquer vers la raffinerie.

— Autre chose? demande le chef du gouvernement.

— C'est tout, il m'a dit qu'il nous préviendrait quand il aurait plus de détails.

Le premier ministre est contrarié. Il a horreur des situations confuses qu'il ne peut pas contrôler.

— Jean, convoque un cabinet de crise avec les ministres directement concernés. Et tâche de trouver toutes les informations pertinentes.

Quelques minutes plus tard, ils sont une douzaine autour de la table du Conseil des ministres.

— Je vais être bref, dit le premier ministre. On a peu d'informations pour l'instant. Tout ce que je vous demande, c'est d'être discrets et de ne pas alimenter inutilement la machine à rumeurs. Je veux seulement m'assurer que chacun de vos ministères sera prêt à intervenir si la situation l'exige.

René Saint-Martin n'aime pas les longues réunions. Il a horreur des ministres qui se prononcent sur tout et rien, qui ont réponse à tout et qui se mêlent des dossiers qui ne les regardent pas.

— Monsieur le ministre de la Sécurité publique, je vous écoute.

— Monsieur le premier ministre, sans être inutilement alarmiste, je vous dirai que la garde côtière n'a réussi à joindre personne à bord du superpétrolier. Le capitaine ne répond pas. Aucun signal de détresse n'a été émis. Est-ce qu'une panne du système de communication serait en cause? Je n'en sais pas plus.

— La consigne émise par la GRC, laisse tomber le premier ministre d'une voix éteinte, est que personne ne s'approche du bateau pour l'instant.

Voilà une déclaration qui inquiète ses interlocuteurs. Le silence plane sur la réunion. Puis brusquement, les questions et les hypothèses fusent, plus angoissantes les unes que les autres.

— Est-ce que ce pourrait être les supposés terroristes de la cellule Sauvons le Saint-Laurent? hasarde la ministre de l'Environnement.

Le premier ministre s'impatiente. Il s'est posé la même question, pour conclure rapidement qu'une telle hypothèse était parfaitement ridicule.

— Ça ne tient pas debout. Ce pétrolier arrivait d'Algérie. Je ne vois pas comment une poignée de petits terroristes autoproclamés auraient pu arraisonner un navire de cette taille. Ça n'a aucun sens. Voilà pourquoi je vous demande d'être très discrets et de ne pas propager ce genre de rumeurs.

Il se tourne vers la ministre des Affaires municipales. Marie Gauthier est l'une de ses ministres les plus chevronnées. Carrure d'athlète, jeune cinquantaine, peu partisane, elle est d'une efficacité redoutable.

— Marie, de ton côté, as-tu des informations?

— Les maires de l'Île-aux-Palourdes et de l'Anse-aux-Sarcelles réclament à grands cris qu'une opération de nettoyage soit mise en branle immédiatement. Ils n'ont pas été prévenus à temps pour fermer leur prise d'eau potable. Je n'ai pas davantage d'informations, mais je crains qu'il en soit de même pour d'autres municipalités riveraines.

Au mystère de l'apparition d'un pétrolier immobile au beau milieu du fleuve s'ajoute un autre inconnu: quelle quantité de pétrole a été déversée?

— Urgence Environnement évalue la situation et prend des mesures pour en minimiser les conséquences, explique la ministre de l'Environnement. Pour le reste, on attend des nouvelles d'Ottawa. Le fleuve est leur responsabilité, il relève de leur champ de compétences, mais nous leur avons offert notre pleine collaboration.

— Paul, dis-moi, enchaîne le premier ministre en se tournant vers le sous-ministre de l'Environnement, est-ce que le courant peut emporter tout ce pétrole vers l'océan et faire en sorte que demain, on n'en parlera plus?

Lévesque est sceptique. Il n'ose pas dire à son vieil ami qu'il caresse un espoir naïf et que le pétrole ne s'évapore pas d'un coup de baguette magique.

— Dans le cas d'un déversement de 500 litres, les dommages sont limités, mais là, j'ai peur qu'on soit devant un problème beaucoup plus compliqué.

— J'imagine que la Garde côtière pourra faire remorquer le bateau jusqu'à Lévis avant la fin de la matinée?

Le sous-ministre en doute. Il faudra d'abord établir la communication avec le navire. Attendre la marée favorable.

— Ce navire allait bien à la raffinerie de Lévis?

— Oui, répond le chef de cabinet à son patron, ils font des vérifications et devraient être en mesure de donner des précisions très bientôt.

— Il était attendu?

— Oui, et le pilote n'a jamais informé la raffinerie du moindre problème qui expliquerait pourquoi il s'est immobilisé au beau milieu du fleuve. D'autant plus que c'est un secteur où la navigation est complexe et où les gros navires ne s'aventurent qu'à marée haute.

Le premier ministre est frustré. Son flair lui dit de se préparer à recevoir d'autres mauvaises nouvelles. Que la GRC ordonne de ne pas s'approcher de l'océanique et que le pilote québécois n'ait donné aucun signe de vie lui laissent croire que le pire est encore à venir.

— Comment se fait-il qu'on soit informés immédiatement du plus petit déversement, de la moindre avarie d'un bateau de plaisance, mais qu'on ignore totalement un problème suffisamment grave pour paralyser un superpétrolier international au beau milieu d'une voie navigable aussi vitale? Quelle est l'hypothèse la plus plausible, Paul?

Tous les regards se tournent vers le sous-ministre de l'Environnement.

— Accident, panne de moteur, interruption du système de communication, malaise du pilote, mauvaise manœuvre qui a fait que le bateau s'est échoué à marée basse. Je vous ai assez dit et répété que le jeu permis entre la coque des gros navires et le fond du fleuve – que le fédéral a approuvé en catimini l'an passé – était insuffisant. Pour un superpétrolier, avec seulement un mètre de jeu, c'est risquer à tout moment de racler le fond. Il y avait longtemps qu'on courait à la catastrophe.

Le premier ministre en a assez de tourner en rond.

— Comment expliquer que les opérateurs de la raffinerie n'aient pas averti les autorités que le navire tardait à arriver et qu'il n'avait pas communiqué avec eux? s'insurge-t-il. Quelqu'un dormait aux commandes, ou quoi?

— Ça m'étonnerait, répond le chef de cabinet. La raffinerie est dirigée par des professionnels. Ces bateaux mettent une semaine à franchir la distance entre l'Algérie et Lévis. Les retards sont fréquents et on ne tire pas la sonnette d'alarme chaque fois qu'un bateau n'arrive pas à l'heure prévue.

— Jean, appelle le président de la raffinerie et exige des explications. Adèle, joins le commandant de la GRC, je veux lui parler sur-le-champ.

Trente secondes plus tard, l'adjointe informe le chef du gouvernement que le policier est en réunion et qu'il le rappellera plus tard. René Saint-Martin est furieux. «Ce bâtard de Simon Heffner se croit plus important que moi!»

— Adèle, préviens le bureau du premier ministre du Canada que je veux lui parler d'urgence. Et dis à Legris que je veux le voir avant midi. Je vais exiger sa démission.

De retour à son bureau, Paul Lévesque s'empresse de téléphoner au directeur de la mise en marché de la raffinerie, un ancien collègue de classe. Il y a deux mois, Robert Carpentier l'a appelé pour obtenir de l'information confidentielle. Paul Lévesque lui a fait confiance.

— Salut, Robert, ici Paul Lévesque. Je sors d'une réunion ministérielle. Le chef de cabinet du premier ministre va téléphoner à tes patrons dans quelques minutes. Peux-tu me dire ce qui se passe?

Robert Carpentier respire lourdement. Paul Lévesque le sent très nerveux. Momentanément, il revoit l'ancien gardien de but de l'équipe de hockey du collège qui vomissait avant chaque partie importante, comme son idole Glenn Hall, le gardien des Blackhawks de Chicago.

— Je ne sais rien.

— Tu ne sais rien ou tu ne veux rien me dire?

Carpentier fait une longue pause. Paul Lévesque sent qu'il hésite, mais s'attend à ce qu'il crache le morceau.

— Je ne sais rien.

Lévesque est convaincu que Carpentier ment. Qu'il est soumis à une consigne du silence. Clairement, la raffinerie est en eau trouble.

— Tu me sembles inquiet…

— Je ne peux rien te dire sinon que nous collaborons avec la GRC. Désolé. Les dirigeants de la raffinerie feront une déclaration plus tard.

— Plus tard? s'étonne Paul Lévesque. Les dégâts sont déjà très importants. Pourquoi pas tout de suite?

L'autre refuse de répondre et met fin brusquement à la conversation. Paul Lévesque a juste le temps de raccrocher avant que le téléphone sonne de nouveau.

— Je vous communique avec Robert Carpentier, dit son adjointe.

Le sous-ministre est surpris et heureux à la fois, devinant que son ami s'est mis à l'abri des oreilles indiscrètes.

— Robert?

— Je suis sorti du bureau pour mieux te parler. Écoute-moi bien et ne pose aucune question. Normalement, le pilote nous informe des retards, mais pas cette fois. Une demi-heure après l'heure prévue d'arrivée, le répartiteur de la raffinerie a tenté d'entrer en communication avec le navire, sans succès. Depuis, nous n'avons pas été en mesure d'établir la communication avec le superpétrolier. La Garde côtière non plus et en raison de l'épais brouillard, il est impossible de dépêcher un hélicoptère. C'est très mystérieux, mais on est plusieurs ici à partager l'impression qu'il se passe quelque chose de grave. C'est un silence inexplicable. Ces immenses bateaux modernes ont de très bons systèmes de communication d'urgence si le système principal vient à manquer. C'est impossible qu'ils aient tous flanché en même temps. Salut.

Carpentier a raccroché avant que Lévesque ait le temps de le questionner davantage.

« LE SECRET, C'EST QU'IL N'Y A PAS DE SECRET. »

En recevant le texto, Marie-Lune Beaupré saute de joie. Enfin!

— Bonjour.

— Bonjour, madame Beaupré.

Marie-Lune sait que quand Secret l'appelle madame Beaupré, c'est qu'il veut garder ses distances et ne lui dira que très peu de choses. Mais s'il a choisi de la rappeler, il y a lieu d'espérer!

— Il paraît que t'avais plus d'informations que tout le monde au bulletin de 8 heures. C'est toi qui devrais m'informer.

— Je tourne en rond. Donne-moi une seule piste, insiste-t-elle. Pourquoi le navire s'est-il immobilisé ? Pourquoi ne voit-on personne sur le pont ? Que dit la GRC ?

Secret reste silencieux quelques secondes. Marie-Lune retient son souffle.

— La GRC défend à quiconque de s'approcher du superpétrolier.

Marie-Lune ne cache pas sa surprise. Les scénarios de catastrophes s'enchevêtrent soudain dans sa tête.

— Pourquoi ? Ce n'est quand même pas la cellule Sauvons le Saint-Laurent qui a pris le contrôle d'un si gros navire ? Accident, panne, fausse manœuvre, que sais-tu ?

Encore une fois, Secret observe un long silence.

— Salut.

— Attends ! …

Trop tard, Secret a raccroché. Frustrée, Marie-Lune Beaupré tente de joindre le porte-parole de la GRC et tombe dans une boîte vocale. Elle fulmine.

* * *

Les nerfs à fleur de peau, Amélie Breton est plongée dans ses pensées. Fabien qui ne donne pas de nouvelles, l'explosion, les immondices des humains et maintenant, cette marée noire. Elle sent que le gouvernement va encore se retrancher derrière la même excuse de lâche, d'irresponsable : le Saint-Laurent est fort, va-t-il répéter, il peut avaler toute la merde sans faire d'indigestion. Quel mensonge ! Elle enfourche sa bicyclette et rentre à la maison pour vérifier ce que prévoit le plan de nettoyage du gouvernement. « S'il y a vraiment une marée noire, se désole-t-elle, c'est la fin pour les bélugas. » Elle rage intérieurement.

Dès qu'elle arrive, Salicorne se love dans ses bras en ronronnant de bonheur. Amélie lui donne un bisou sur le museau et la dépose gentiment sur le sofa. Elle tire un porte-documents de son bureau, à la recherche d'une carte des risques en cas de déversement pétrolier que des experts avaient préparée à l'intention du gouvernement. L'Anse-aux-Sarcelles est-elle couverte par le système d'intervention d'urgence de la Garde côtière ? Oui, en principe, la couverture s'étend de la ville de Québec jusqu'à l'île d'Anticosti. Alors, se demande Amélie, pourquoi n'intervient-on pas immédiatement ? Cette portion du fleuve est très vulnérable. Qu'on pense seulement aux prises d'eau potable des municipalités riveraines. On frappe à la porte. Salicorne grimpe sur la table en apercevant Surprenant, qu'elle déteste.

— Monsieur Lagrange, ça va ?

Le vieil homme reste planté devant le moustiquaire de la porte, son chapeau sous le bras.

— Oui, oui. Je t'ai vue passer et je me demandais s'il y a du nouveau.

Amélie a une moue résignée.

— Rien, absolument rien. Le gouvernement ne bouge pas, aucune opération d'urgence n'a été déclenchée. Des gens du village ont commencé à nettoyer les berges, mais ça n'avance pas très rapidement.

— Et le navire ?

— On ne voit personne à bord. Je ne comprends pas. C'est comme si l'équipage l'avait déserté.

Cyprien Lagrange est songeur. Surprenant chigne devant la porte. Il meurt d'envie d'entrer et de donner la chasse à Salicorne.

— Il y a tellement de ces gros bateaux sur le fleuve que c'est étonnant qu'il n'y ait pas plus d'accidents. Une journée la semaine dernière, j'en ai compté 47 qui passaient dans un sens ou dans l'autre.

— Vous qui connaissez bien cette portion du fleuve, croyez-vous que le pétrolier a touché le fond ?

— Ça ne me surprendrait pas.

Lagrange fait une pause, les yeux rivés sur la photo d'un eider à duvet qu'Amélie a épinglée sur un petit tableau.

— J'ose même pas imaginer ce qu'ils vont faire s'ils n'arrivent pas à le remorquer.

Amélie s'est déjà posé la question deux fois plutôt qu'une. Le pilote du superpétrolier pourrait-il essayer de l'alléger en libérant les eaux de ballast qui maintiennent le navire en équilibre ? De l'eau puisée au départ en Algérie et remplie de contaminants, mais dont les conséquences dans les eaux du fleuve seraient moindres que celles d'un déversement de pétrole.

— Voulez-vous dîner avec moi ? Rien de compliqué. Une salade au poulet. Je vous offre une bière ?

— Je pense que je vais accepter. Ça me changera de manger tout seul. Puis, j'ai autre chose dont je voudrais te parler.

Il s'interrompt et verse sa bière dans un verre.

— De quoi s'agit-il ?

— Tu connais mon ami Geoffroy Paquin qui demeure à un kilomètre d'ici ?

— Oui, je me souviens de lui. Il lui est arrivé un malheur ?

— Non.

Geoffroy Paquin a rendu visite à Cyprien Lagrange tôt ce matin pour lui raconter que quatre étrangers s'étaient faufilés derrière sa maison pendant la nuit.

— Il est certain que c'était des matelots. Ils parlaient une langue que Geoffroy ne comprenait pas. Il passe souvent une partie de la nuit dehors quand il fait beau. Il ne dort presque pas, ses vieux os le font trop souffrir.

Sceptique, Amélie fronce les sourcils. Le superpétrolier est à une distance de la rive qu'elle ne pourrait pas franchir à la nage, mais de bons nageurs pourraient y arriver.

— Il est bien sûr de les avoir vus ? Pourrait-il les reconnaître ?

Cyprien Lagrange en doute. En pleine nuit, identifier des étrangers qui passent rapidement devant vous, c'est peu probable.

— Vous savez s'il a vu les lumières du navire ou s'il a entendu la corne de brume?

— Geoffroy ne m'a rien dit de semblable. On pourrait toujours le lui demander.

— Il a informé la police?

— Oui, mais ils ne sont pas venus l'interroger. Ils ont sans doute pensé qu'il divaguait. Geoffroy a 81 ans et il lui arrive de chercher ses mots ou de bafouiller, mais il a encore toute sa tête.

— Je n'en reviens pas. C'est comme si personne ne prenait l'incident au sérieux.

Cyprien Lagrange opine de la tête.

— Peut-être qu'on va le remorquer aujourd'hui. À la radio, tantôt, il y avait un spécialiste qui disait qu'avec un si gros bateau, ça demande beaucoup de préparation et de précautions.

Amélie voudrait bien le croire. Elle penche plutôt vers la théorie de l'incompétence de ceux qui ont la responsabilité du dossier.

— Fabien va venir dîner?

Elle fait signe que non.

— Il est parti. Je ne l'ai pas vu depuis quatre jours. J'ai mis fin à la relation. Ça ne marchait pas à mon goût.

Amélie lui raconte en détail les derniers moments, les dernières discussions qu'elle a eues avec Fabien, parfois d'une voix tremblotante, en tâchant de se justifier, de se convaincre qu'elle a pris la bonne décision.

— Ne ferme pas la porte complètement, lui recommande Cyprien Lagrange. Laisse du temps au temps. Souvent, les choses s'arrangent sans qu'on s'y attende. Mais, écoute ton cœur. C'est important de trouver la bonne personne. J'ai passé 47 ans avec Yvonne et je ne l'ai jamais regretté. Pas une seule minute. Laisse-le partir un bout de temps. Si tu veux qu'il revienne, il reviendra et vous ferez une autre tentative. Sinon, si t'es convaincue que c'est fini, que tu peux te passer de lui, oublie-le. Tu pourras dire que t'as exploré toutes les avenues, que t'es allée jusqu'au bout. Tu n'auras pas de regrets.

Cyprien Lagrange se lève et se dirige vers la porte. Surprenant danse de joie. Salicorne, maintenant juchée sur la commode, l'observe avec le plus profond mépris.

— Je vais raconter ce que votre ami a vu à la journaliste de Radio-Canada. Vous êtes d'accord?

Cyprien Lagrange hésite.

— Ça fera peut-être bouger les choses.

Les yeux mouillés, brisée par l'émotion, Amélie s'approche du vieil homme et se glisse dans ses bras. Elle enfouit la tête au creux de son épaule, incapable de retenir ses larmes.

— Pleure comme il faut, ça va te soulager.

Bulletin de Radio-Canada, midi

Bonjour. Le plus grand mystère entoure le superpétrolier Cap Vert, *toujours immobilisé à la hauteur de l'Anse-aux-Sarcelles. Pourquoi le navire s'est-il arrêté de la sorte? Marie-Lune Beaupré suit l'affaire de près:*

«*Selon nos informations, aucune communication ne peut être établie avec le capitaine du navire. La raffinerie de Lévis a perdu sa trace au cours de la nuit, mais refuse de dire si elle a aussitôt averti les autorités compétentes. Le porte-parole s'est impatienté lorsque nous avons insisté pour en savoir davantage. L'affréteur du navire, que nous avons joint à Londres, n'avait pas encore été mis au courant de l'incident. Il a hurlé. Je vous propose de l'écouter:* "What the fuck are you talking about? It makes no sense!" *De quoi parlez-vous? dit-il. Ça n'a aucun sens. Le premier ministre René Saint-Martin réunit son cabinet de crise en ce moment. Urgence Environnement et la Garde côtière profitent de l'embellie pour se rendre vers la zone du déversement. La GRC leur a ordonné de ne pas s'approcher du superpétrolier.*

Pourquoi? Une simple mesure de précaution? Personne ne répond à nos questions.

Marie-Lune Beaupré à Québec. »

Aussitôt son reportage terminé, Marie-Lune se précipite sur son téléphone. Devrait-elle appeler Secret? Leur entente est spécifique. Elle ne doit pas lui téléphoner. Mais personne d'autre ne peut la renseigner. «Au pire, il m'engueulera.» Elle clique sur son numéro, mais tombe dans sa boîte vocale avec son cynique message: «Bonjour. Laissez-moi un message, mais rien ne dit que je vous rappellerai!» Il n'a probablement pas d'informations additionnelles, songe Marie-Lune. Sans oublier qu'en temps de crise, même les sources les plus fiables s'assèchent subitement. Mais Secret est plus qu'une source fiable. Parfois, leur complicité lui laisse croire qu'il a un béguin inavoué pour elle. «J'espère que non», se dit-elle souvent. Elle n'a aucune espèce d'attirance pour son informateur. Elle repense à Louis-Étienne qui l'a tirée du sommeil ce matin en lui lançant une volée de reproches. «Tu pourrais au moins avoir la courtoisie de me rappeler!» Elle a raccroché sans dire un mot.

Par la suite, la journaliste fait le tour de toutes ses sources d'information et tombe chaque fois dans une boîte vocale. Quant aux porte-parole officiels, ils n'ont rien à dire. Que des platitudes, des formules toutes faites. «On suit la situation de près!» Celui de la raffinerie s'est soudainement volatilisé. Comme bien d'autres, la journaliste pose les questions évidentes. Pourquoi le bateau s'est-il immobilisé si près de la rive? Pourquoi ne l'aborde-t-on pas? Quand va-t-on le remorquer? Elle envoie un texto à Amélie Breton.

«Quoi de neuf?»

La réponse ne tarde pas.

«RIEN. On ne sait RIEN. Il ne se passe RIEN. RIEN ne bouge sur le bateau mystère.»

«Mystère, le mot n'est pas trop fort», écrit la journaliste.

«*J'aurai peut-être des infos pour toi, si un très vieux voisin accepte de te parler.*»

«*Qu'est-ce qu'il sait?*»

«*Il croit avoir vu quatre matelots en fuite.*»

«*Sérieux? J'arrive!*»

Marie-Lune Beaupré n'en demande pas plus. Toutes les pistes sont bonnes à suivre. Le détail le plus anodin peut mener à une révélation beaucoup plus importante. Elle met deux téléphones dans son sac à main. Celui du journal et le sien, réservé à Secret. Elle retrouve Charles Pépin, son complice caméraman, devant l'entrée de Radio-Canada, rue Saint-Jean. Ils mettent le cap sur l'Anse-aux-Sarcelles. «En personne, j'ai plus de chance de faire parler ce témoin», se dit-elle.

La circulation est anormalement achalandée sur l'auto-route 20 à la sortie de Québec. Des dizaines de curieux se dirigent vers l'Anse-aux-Sarcelles, aiguillonnés par les médias qui exploitent l'information sous tous ses angles, souvent sur un ton alarmiste. Le portable de Marie-Lune vibre : son informateur à la Sûreté du Québec. Marie-Lune l'écoute attentivement, mais la communication est très brève. Elle avertit aussitôt son chef de pupitre. Une minute plus tard, elle est en ondes par téléphone, à la radio et à RDI.

«*Je viens d'apprendre d'une source policière fiable que la circulation maritime est interrompue sur le Saint-Laurent par mesure de sécurité, pour éviter que les nombreux navires qui circulent quotidiennement sur le fleuve n'entrent en collision avec le Cap Vert. Ils devront donc s'immobiliser quelque part entre Les Escoumins et l'Anse-aux-Sarcelles, ce qui causera de sérieux problèmes si la situation perdure. Plus de 5000 courses sont effectuées chaque année sur le fleuve, dont le tiers par des pétroliers. D'autre part, aucune nouvelle information n'a filtré sur les raisons de l'immobilisation du superpétrolier, dans une* portion du Saint-Laurent qui est difficilement navigable à marée basse.

Marie-Lune Beaupré, en route vers l'Anse-aux-Sarcelles. »

Son portable vibre aussitôt. Un texto de Louis-Étienne. *« Tu te crois intéressante parce que tu passes à la radio et à la télé ? Si on ne se voit pas ce soir, c'est fini entre nous.* »

Elle branle furieusement la tête en tapant : « *Va te faire foutre !* »

À midi, quand Marie-Lune arrive à destination, un hélicoptère survole le vaisseau immobile. Elle distingue le copilote, qui examine le navire à l'aide de puissantes jumelles. Marie-Lune est estomaquée par la taille du navire. Elle cherche Amélie des yeux, la repère et s'en approche aussitôt.

— Du nouveau ?

— Non, mais des villageois m'ont dit qu'ils ont cru voir des hommes sur le pont du pétrolier avant que le brouillard ne se dissipe complètement.

Elle en désigne un de la main. La journaliste l'interroge, mais il a peu de détails. Il lui semblait que les hommes avaient revêtu d'amples manteaux cirés, dont ils avaient relevé la capuche pour cacher leur visage. Mais il ne peut jurer de rien.

Marie-Lune prend des notes.

— Ils sont restés longtemps sur le pont ?

— Non. Quelques secondes. Ensuite, ils ont disparu. Il y avait encore pas mal de brouillard.

La journaliste s'étonne. Pourquoi le navire n'envoie-t-il pas de signal de détresse ? Ce témoin a-t-il vraiment vu des hommes ? Ou cru en voir ? Son portable vibre : Secret !

— Allo !

Elle fait une pause, tout en s'éloignant rapidement pour que personne n'entende la conversation.

— Je t'écoute.

— Les patrons de la raffinerie de Lévis sont très nerveux. Le président doit faire une déclaration sous peu. L'hypothèse la plus plausible est celle d'une fausse manœuvre et d'un enlisement, mais personne ne comprend pourquoi il est impossible de communiquer avec le navire. Si l'équipage l'avait abandonné, ce qui est impensable dans le cas du pilote québécois à bord, qui est l'un des meilleurs pilotes du Saint-Laurent, on aurait retrouvé tout ce beau monde quelque part. C'est incompréhensible. Je vais te dire autre chose, mais fais-le confirmer par une autre source : je t'ai déjà dit que la GRC a demandé que personne ne s'approche du pétrolier. Elle aurait de bonnes raisons de croire que le navire représente un réel danger. Je ne peux rien te dire de plus.

— Mais….

Trop tard, Secret a raccroché. « Et si mon contact à la raffinerie répondait, cette fois ? » Elle compose aussitôt son numéro. Le téléphone sonne dans le vide. Même pas de boîte vocale.

Elle a bien une autre source à la GRC, une jeune policière qui l'avait beaucoup aidée dans un dossier de déversements illégaux de produits toxiques. Encore une boîte vocale ! La journaliste est frustrée.

— Amélie, tu veux me conduire au vieux monsieur ?

— Viens, on va d'abord consulter son ami, qui s'adonne à être mon voisin.

Quand Surprenant les accueille bruyamment, Marie-Lune Beaupré se range derrière Amélie.

— T'as peur des chiens ? rigole la biologiste.

— De celui-là, oui.

Amélie la rassure et cogne à la porte de Cyprien Lagrange. Ce dernier décide de les accompagner. Ils montent tous les trois dans la fourgonnette du caméraman. Geoffroy Paquin est assis sur sa galerie, les yeux rivés sur le fleuve.

— Je t'amène de la visite, dit Cyprien Lagrange.

Geoffroy Paquin se retourne lentement et détaille les visiteurs d'un œil méfiant.

— Bonjour, je suis Marie-Lune Beaupré, journaliste de Radio-Canada à Québec. Lui, c'est Charles Pépin, le caméraman.

Geoffroy Paquin examine la journaliste et son collègue sans dire un mot. Marie-Lune Beaupré promet de ne pas utiliser son nom, de brouiller son visage et sa voix, s'il consent à lui raconter ce qu'il a vu et entendu.

— Je vais te raconter, mais t'enregistres rien.

Déçue, Marie-Lune accepte. D'une voix mal assurée et parfois tremblotante, Geoffroy Paquin répète exactement ce qu'il a raconté à Cyprien Lagrange. Une bonne histoire, se dit la journaliste, mais peut-elle faire confiance à un vieil homme de 81 ans, qui croit avoir vu et entendu des étrangers par une nuit très noire? Il lui faudrait au moins un autre témoin pour corroborer ces faits.

— Merci, monsieur Paquin.

* * *

Après la rencontre de son caucus, Olivia Lepage, la chef de l'opposition, fonce tout droit vers les journalistes qui attendent le premier ministre. Non confirmée, la rumeur veut que le chef du gouvernement se prête à une mêlée de presse, un exercice qu'il déteste, contrairement à Olivia Lepage qui fait souvent exprès pour croiser des journalistes sur son chemin. Ils ne se font pas prier pour lui tendre un micro.

— Au nom de la population, j'exige des explications immédiates, martèle-t-elle. Alors que nous sommes devant un désastre sans précédent, ce gouvernement ne fait rien, et au lieu de renseigner ses concitoyens, il se ferme comme une huître et ne nous dit rien.

La chef de l'opposition est déchaînée. Reconnue pour sa défense sans compromis de l'environnement, elle ne manque pas une occasion de pourfendre le gouvernement et sa ministre de l'Environnement.

— Que savez-vous du désastre ? Quelle en est l'ampleur ? lance Sabine Bournais, la correspondante parlementaire du *Journal de Québec*.

Encore une fois, Olivia Lepage s'insurge contre le peu d'explications qu'elle détient, en répétant celles qu'ont véhiculées les médias électroniques. Depuis le matin, la machine à rumeurs s'est emballée. Le superpétrolier aurait raclé le fond du fleuve et ne pourrait plus avancer. Le capitaine serait ivre comme celui de l'*Exxon Valdez*. Les matelots seraient cachés dans les cales.

— Je ne veux pas attiser davantage les craintes de nos concitoyens...

— Vous n'avez pas répondu à ma question, insiste la journaliste. Que savez-vous du désastre ?

— J'aimerais bien être plus précise, mais ce gouvernement cultive le secret, tait la vérité. Le même qui promettait d'être le plus transparent de tous les temps ! À moins que son incompétence notoire ne soit en cause, ce qui ne me surprendrait pas !

— Tant le gouvernement que la police, reprend la journaliste, soutiennent qu'ils sont incapables d'établir la communication avec le pilote.

Le visage de la chef de l'opposition tourne au cramoisi.

— Et vous les croyez ? demande-t-elle, furieuse. Vous croyez naïvement qu'un superpétrolier moderne peut perdre subitement tous ses moyens de communication ? C'est impossible ! Ce gouvernement est pitoyable ! J'exige qu'il explique à la population ce qui se passe vraiment.

— Madame, croyez-vous que nous soyons face à une menace terroriste ? De la cellule Sauvons le Saint-Laurent ? Si oui, quelles informations avez-vous ? Ne réalisez-vous pas qu'en cultivant le vague, vous contribuez à faire monter la tension ?

Contrariée, la leader de l'opposition tourne le dos aux journalistes et file vers son bureau. Peut-être devrait-elle changer d'attitude, s'élever au-dessus de la mêlée partisane et éviter d'alarmer des citoyens déjà très angoissés. Elle n'en est pas convaincue. Son rôle est justement de demander des comptes à ce gouvernement d'incompétents!

Quand le premier ministre ressort de la réunion du Conseil des ministres, les médias s'en approchent, mais, encadré par ses gardes du corps, René Saint-Martin s'engouffre rapidement dans un corridor et ignore les journalistes qui lui lancent des questions.

— La population n'a pas le droit de savoir ce qui se passe?

Le premier ministre est accueilli par Adèle Verreault, son chef de cabinet et le sous-ministre Paul Lévesque. Tous ont les traits tirés et sont visiblement très inquiets de la tournure des événements.

— Vous avez de nouvelles informations? demande le chef du gouvernement.

— Oui, et ce n'est pas joli, répond le sous-ministre. Les premiers rapports font état de milliers de barils de pétrole déversés dans le Saint-Laurent. Ce ne sont que des approximations, mais le déversement couvre une très grande portion du fleuve.

— On a lancé l'opération nettoyage?

— Urgence Environnement et la Garde côtière sont à pied d'œuvre, mais pas partout. Et comme plusieurs municipalités n'ont ni plan de nettoyage, ni les ressources pour s'attaquer au déversement, il faut craindre le pire.

— Que dit la raffinerie?

— Toujours rien. J'ai insisté, mais le directeur, qui est d'une prudence maladive, veut être certain de connaître tous les faits avant de se prononcer. Il attend des nouvelles de la GRC, qui tente encore d'établir la communication avec le navire, sans succès. Le directeur va faire une déclaration dans quelques minutes.

René Saint-Martin roule des yeux ahuris. Le téléphone sonne. Adèle Verreault prend l'appel.

— C'est pour vous, c'est la Garde côtière.

— Bonjour, mon ami.

Le premier ministre écoute son interlocuteur, la tête baissée, les yeux fixés sur le bout de ses souliers.

— Très bien. Rappelez-moi dès que l'opération sera terminée.

René Saint-Martin raccroche le téléphone.

— Ils vont aborder le bateau en début de soirée. Et si tout se passe bien, ils tenteront de le remorquer à Lévis à marée haute pendant la nuit. Jean, préviens les réseaux de télévision. Je m'adresserai à nos concitoyens. Ça devrait être l'affaire du premier ministre canadien, mais étant donné qu'il ne le fera pas...

* * *

Jean-Jacques Ladouceur, le président de la raffinerie, s'approche du podium, la démarche hésitante, en balayant du regard la petite salle où sont assemblés une dizaine de journalistes. Aveuglé par l'éclairage violent des projecteurs des réseaux de télévision qui diffuseront sa déclaration, il regrette déjà d'être là. Il a d'abord songé à laisser au directeur des communications le soin de lire la déclaration. «Si tu fais ça, t'auras l'air d'un lâche», l'a prévenu sa femme.

Grand, d'un physique osseux, avec un long nez, en complet bien taillé, Jean-Jacques Ladouceur est le prototype de l'homme d'affaires parvenu au sommet. Un rapide battement des paupières trahit sa fébrilité. Il ajuste ses lunettes, s'éclaircit la voix et entreprend la lecture de son texte. La nervosité suinte par tous les pores de sa peau.

— Bonjour. Mardi, le pétrolier *Cap Vert* en provenance de l'Algérie devait arriver à la raffinerie vers 2 heures avec sa cargaison de 900 000 barils de pétrole brut. Pour des raisons que nous ignorons, le navire s'est arrêté en route et ne s'est jamais rendu chez nous. Normalement, le pilote nous prévient de tout retard ou problème, mais pas cette fois. Quand nous avons constaté que le *Cap Vert* n'arrivait pas, nous avons tenté d'établir la communication avec le pilote, sans succès. Nos tentatives subséquentes ont été infructueuses. Ce matin, la GRC nous a demandé de ne plus tenter de communiquer avec le pétrolier. Nous ne ferons pas d'autres déclarations.

Le président directeur de la raffinerie tourne aussitôt le dos aux médias et se sauve à grandes enjambées, ignorant les questions des journalistes frustrés.

— Pourquoi avoir attendu aussi longtemps avant d'en parler ?

— Avez-vous averti les autorités dès que vous avez réalisé qu'il n'arrivait pas ?

— Combien de temps s'est-il écoulé entre le moment prévu de l'arrivée et l'appel aux autorités ?

Les journalistes se précipitent sur le directeur des communications, à qui on a ordonné de répondre à toutes les questions, mais sans donner d'information additionnelle.

— Combien de barils de pétrole ont été déversés dans le fleuve ?

— Nous n'avons pas les moyens de vérifier une telle information, répond Denis Blais, le porte-parole de la raffinerie.

Une réponse qu'il répétera jusqu'à plus soif, au grand dam des journalistes, forcés encore une fois de constater que si les porte-parole des politiciens sont souvent évasifs et ne collaborent pas toujours spontanément, ceux des grandes sociétés sont les champions de la langue de bois.

* * *

Neuf cent mille barils, songe Amélie Breton, c'est énorme. Quand elle a fait ses recherches sur le *Cap Vert*, elle a découvert que le pétrole est placé dans six réservoirs qu'on vide un à la fois, pour ne pas déséquilibrer le navire-citerne. Aurait-on vidé l'un de ces réservoirs dans le fleuve pour lui permettre de se tirer de sa fâcheuse position? Avec la complicité des autorités? Scénario farfelu? Son imagination fertile est-elle en train de lui jouer des tours?

Radio-Canada, bulletin de midi

Bonjour. Radio-Canada a appris que des matelots du Cap Vert, ce superpétrolier échoué dans le Saint-Laurent, se seraient enfuis à la nage, peu de temps après l'immobilisation du navire à la hauteur de l'Anse-aux-Sarcelles. Voici le reportage de Marie-Lune Beaupré:

«Un premier témoin qui refuse d'être identifié affirme avoir vu quatre hommes trempés, vêtus de la même façon, s'enfuir en gesticulant et s'interpellant dans une langue qu'il ne connaissait pas. Il en a informé la Sûreté du Québec, qui non seulement n'a pas donné suite à son appel, mais ne lui a demandé ni son nom ni ses coordonnées. Un deuxième témoin, une jeune femme habitant tout près du lieu de l'incident, soutient également avoir entendu au pied de sa fenêtre ouverte des voix d'hommes très agités, mais elle n'a pas compris ce qu'ils disaient. Lorsqu'elle a allumé une lampe et tiré le rideau, les inconnus ont disparu dans la nuit. Un troisième témoin, habitant le même secteur, a confié à Radio-Canada qu'il avait été réveillé par les aboiements de son chien. Quand il s'est rendu à la fenêtre, il a vu au moins deux hommes prendre la fuite. Pourquoi la Sûreté du Québec n'enquête-t-elle pas sur ces révélations? Son porte-parole s'est contenté de nous dire que les policiers avaient reçu des dizaines d'informations semblables et qu'ils s'en tenaient aux plus sérieuses.

Marie-Lune Beaupré à l'Anse-aux-Sarcelles.»

La relation entre René Saint-Martin et Allan Mesmer, le premier ministre du Canada, est polie, sans plus. Les deux hommes n'ont pas beaucoup d'affinités. Mesmer, un conservateur du sud de l'Ontario, est un homme pragmatique, peu enclin à la consultation, amoureux du hockey et des Beatles, et peu porté sur les mondanités. Saint-Martin préfère Bach et l'opéra.

— Bonjour, René, comment vas-tu? lui dit-il avec son plus bel accent français, appris sur les bancs d'une école d'immersion de Hamilton.

— Ça ira mieux quand tu m'auras expliqué ce qui se passe sur le Saint-Laurent. Comment se fait-il que la Garde côtière mette autant de temps à aborder ce pétrolier?

Le premier ministre canadien se racle la gorge. L'impatience de son vis-à-vis québécois l'agace.

— Je ne suis pas en mesure de te donner beaucoup d'information parce que j'en ai très peu moi-même. Le commissaire de la GRC me dit qu'il a des raisons de croire qu'il faut faire preuve d'une grande prudence. Même le SCRS est impliqué.

— Les services secrets? s'étonne René Saint-Martin.

— Oui. Ils sont en route vers Québec.

— Est-ce qu'une menace terroriste plane sur le pays, sur le Québec en particulier?

Allan Mesmer se cantonne dans des généralités, se contentant d'affirmer que la GRC et le SCRS examinent tous les scénarios plausibles.

— Donc, ils rejettent l'hypothèse du terrorisme, insiste le premier ministre du Québec.

— Ce n'est pas ce que j'ai dit.

Mesmer s'empresse d'ajouter que «son gouvernement» attend des informations de différentes sources avant de tirer une conclusion définitive. «Bref, songe René Saint-Martin, le premier ministre du Canada se prétend maître de la situation alors qu'il ne contrôle rien du tout.»

— Dans ce cas, est-ce que les Américains en savent plus que nous? rétorque le premier ministre du Québec. Leurs services sont habituellement très efficaces. S'il s'agit d'autre chose que d'un accident, ils sont sûrement mieux renseignés?

Le premier ministre canadien observe un moment de silence. Il a horreur de se faire dire qu'il est à la remorque des États-Unis chaque fois qu'il est question de sécurité sur le continent.

— Je te promets de te tenir au courant dès qu'il y aura du nouveau.

— ... et de me consulter avant de prendre des décisions qui concernent le Québec aussi directement?

— Oui... bien sûr...

Le premier ministre du Québec, ne contenant plus son agacement, est sur le point de raccrocher, mais il se ravise.

— Je voulais également t'avertir que je vais m'adresser à la population. Je dois absolument rassurer les miens.

À l'autre bout du fil, Mesmer met du temps avant de répondre.

— La circulation maritime est de juridiction fédérale, jusqu'à nouvel ordre, rappelle-t-il sèchement.

— Oui, mais le Québec et ses citoyens, c'est moi qui en suis responsable. Au revoir.

René Saint-Martin n'a jamais fait confiance au premier ministre fédéral. Allan Mesmer ne croit qu'en lui-même. Il se montre souvent hautain, voire méprisant. Il exerce un contrôle absolu sur son entourage, autant ses ministres que les sous-ministres, députés et fonctionnaires. Il n'a jamais beaucoup de temps à consacrer à ses homologues provinciaux. Son obsession pour la sécurité inquiète le premier ministre québécois. «Et si cet arrogant décidait de faire cavalier seul quant à des décisions qui pourraient avoir des conséquences désastreuses pour les riverains du Saint-Laurent, et pour le Québec tout entier?»

* * *

En fin d'après-midi, le superpétrolier est toujours immobile, un bateau fantôme que personne n'a encore tenté d'aborder. Des hélicoptères continuent de le survoler. Un bateau de la Garde côtière en a fait le tour pour aussitôt filer vers le large. On a l'impression qu'ils tergiversent au lieu de passer à l'action.

Sur la berge de l'Anse-aux-Sarcelles, des équipes de bénévoles se sont formées, ici et là, pour commencer à nettoyer le fleuve avec des moyens de fortune. Mince consolation, on trouve moins d'oiseaux morts – mais beaucoup de poissons, le ventre tourné vers le ciel. Une demi-douzaine de municipalités sont privées d'eau potable, leurs sources d'approvisionnement sont contaminées.

Découragée par la lenteur des autorités, Amélie Breton rentre à la maison avec trois canetons abandonnés qu'elle a nettoyés et qu'elle ne veut pas remettre dans l'eau goudronnée. «Même si je ne sauve que ces trois-là, j'aurai au moins servi à quelque chose.» En route, elle croise Cyprien Lagrange, son voisin, la main en visière, qui tente de mieux voir l'immense navire. Surprenant est étonnamment calme. Seule une légère oscillation de sa queue signale son plaisir de la voir.

— Bonjour, peux-tu bien me dire pourquoi ils ne le remorquent pas?

La jeune femme hausse les épaules.

— Je n'en sais rien. C'est le mystère. Personne n'a d'information, personne ne fait rien, sauf Urgence Environnement qui est complètement débordée et la Garde côtière qui a l'air de concentrer ses efforts ailleurs que dans l'Anse-aux-Sarcelles.

Cyprien Lagrange s'approche d'elle et jette un coup d'œil dans la boîte de carton qu'Amélie a fichée au siège de sa bicyclette.

— Qu'est-ce que t'as là-dedans?

Amélie affiche un sourire gêné. Il se moquera sûrement d'elle. Cyprien Lagrange soulève le couvercle de la boîte et aperçoit les trois canetons recroquevillés dans un coin. Le vieil homme fronce les sourcils.

— Te voilà devenue mère poule ! Ou mère canard !

Cette fois, Amélie force un sourire.

— Je sais que c'est un peu ridicule, mais je n'ai pas pu me résigner à les abandonner. Je les remettrai à l'eau dès que le pétrole aura disparu.

La biologiste repousse gentiment Surprenant qui renifle la boîte des canetons. La jeune femme redresse sa bicyclette et, avant de partir, se tourne une dernière fois vers son voisin.

— Avez-vous toujours ce mauvais pressentiment ?

Cyprien Lagrange pousse un caillou du bout de son pied et fixe le large. Il met du temps avant de répondre. Souvent, il a flairé des événements avant qu'ils ne se produisent. Surtout les malheurs. Sa femme soutenait qu'il avait un don, qu'il communiquait avec l'au-delà. Quand elle est tombée malade et que les médecins n'en trouvaient pas la raison, il savait qu'elle ne guérirait pas. Six mois plus tard, un cancer rare l'emportait. Souvent, Cyprien Lagrange détecte dans le souffle du vent, le vol d'un oiseau ou le renâclement d'un cheval un signe annonciateur de mauvaises nouvelles.

— Pour être bien honnête avec toi, oui, mais j'espère que je me trompe.

— Ça vous étonne qu'ils n'aient pas encore remorqué le bateau ?

Le vieil homme branle la tête de gauche à droite.

— Parfois, ils ne savent pas quoi faire. Ce bateau-là a pas l'air d'être sur le point de s'éventrer ou de couler à pic, alors ils prennent leur temps. Ce sera pas facile de remorquer un monstre pareil. J'ai jamais compris pourquoi nos maudits gouvernements laissent des si gros navires naviguer sur le fleuve. Celui-là est deux ou trois fois plus gros qu'un terrain de football. Comme d'habitude, va falloir une catastrophe avant qu'ils réagissent.

Amélie lui adresse un sourire triste et enfourche sa bicyclette. En arrivant à la maison, Salicorne saute dans ses bras. La jeune femme lui fait un gros câlin et la dépose sur la chaise. Elle ouvre la boîte des canetons et, pointant l'index vers le museau de l'animal, elle lui sert un avertissement.

— Salicorne, si tu touches aux canetons, tu seras bannie de la maison à tout jamais. Tu as bien compris ?

Le chat remue paresseusement la queue et regarde au loin, feignant d'ignorer l'ordre de sa maîtresse. Amélie trempe quelques morceaux de pain dans l'eau, les émiette et les donne aux canetons qui les avalent aussitôt. Leur appétit glouton lui tire un sourire. En voilà au moins trois qui sont heureux ! Tout à l'heure, elle appellera sa mère. Elle allume la radio.

Radio-Canada, bulletin de 17 heures

Mesdames, messieurs, bonjour. De source fiable, Radio-Canada a appris qu'une opération d'abordage du super-pétrolier aura lieu avant la fin de la journée. Marie-Lune Beaupré explique :

« Selon nos sources, Allan Mesmer, le premier ministre du Canada, a informé René Saint-Martin qu'une opération d'abordage du navire-citerne aura lieu avant la tombée de la nuit. Et cela, même si la GRC hésite encore à passer à l'action, mais le mauvais temps prévu dans les prochaines heures ne lui donne plus le choix. « Ils ont déjà trop attendu », s'est plaint un ministre sous le couvert de l'anonymat. Radio-Canada a appris qu'un commando d'élite, rompu aux opérations à risques élevés, est déjà arrivé dans la capitale et se dirigera vers l'Anse-aux-Sarcelles dans les prochaines minutes. Ce commando aurait été formé par le Pentagone.

Au bureau du premier ministre, on ne rappelle pas les journalistes. Un signal certain que le gouvernement québécois est en pleine crise. Le directeur des communications s'est contenté d'un simple communiqué pour le moins laconique : « Le premier ministre a eu une discussion productive avec Allan Mesmer, le chef du gouvernement canadien. Ils se reparleront chaque fois que la situation l'exige. » Par ailleurs, une source à la Sûreté du Québec confirme qu'une vaste opération de ratissage a été déclenchée pour retrouver les matelots qui se seraient enfuis du Cap Vert. Un autre témoin s'est ajouté à ceux que nous avons rencontrés. Il s'agit d'un cultivateur de la région qui a entendu de vives conversations provenant d'une grange abandonnée. Quand les policiers sont arrivés, la grange était vide. Le porte-parole officiel de la SQ refuse, comme tous les autres, de confirmer la moindre parcelle d'information.

Marie-Lune Beaupré à l'Anse-aux-Sarcelles. »

En début de soirée, alors que le soleil décline, un hélicoptère de la Garde côtière canadienne survole le superpétrolier pendant de longues minutes. Au même moment, un navire qui mouillait un peu en retrait se joint à la manœuvre. Sur la rive, les curieux sont attroupés derrière un cordon de policiers.

— Ils ont enfin décidé de passer à l'action, dit l'un d'eux.

Les conditions sont difficiles. Une nouvelle alerte météorologique a été émise par le Centre canadien de prévision des ouragans : « L'ouragan qui depuis quelques jours se rapprochait des côtes menace maintenant l'est du Québec. Les vents vont s'intensifier dans les prochaines heures. Des vagues de dix à douze mètres risquent de provoquer de graves inondations. Surveillez nos alertes météorologiques. »

— C'est une opération risquée, avance Marie-Lune Beaupré, qui s'est faufilée entre les curieux avec son caméraman.

— J'espère qu'ils sont bien préparés, murmure Amélie.

L'hélicoptère se rapproche un peu plus du superpétrolier. Le vent rend la manœuvre difficile. On dirait qu'il veut se poser sur le pont. Un homme ouvre la portière et laisse tomber une échelle de cordages juste au-dessus de l'océanique. Sur le navire de la Garde côtière, des marins, armes en mains, surveillent l'opération. Les deux passagers de

98

l'hélicoptère se penchent au-dessus de l'échelle. L'un d'eux pose le pied sur le premier échelon. Il regarde tout autour et entame sa descente, suivi aussitôt du deuxième homme. Mais soudain, le premier se met à gesticuler, en indiquant au pilote de s'éloigner. Un coup de feu retentit. L'homme est atteint, mais son compagnon l'agrippe et le retient, pendant que l'hélicoptère s'éloigne à toute vitesse. Le bateau de la Garde côtière en fait autant. Opération ratée, à l'évidence.

Amélie n'en croit pas ses yeux. Elle espérait ne plus revoir ce damné navire, persuadée qu'on profiterait de la marée haute pour le remorquer. Mais non, l'opération a échoué. Elle craint maintenant le pire. Non seulement le navire n'a pas été abandonné, mais ses occupants n'entendent pas à rire.

Rudement, les policiers ordonnent aux curieux de s'éloigner.

Radio-Canada, bulletin de 22 heures

Mesdames, messieurs, bonsoir. L'opération abordage du Cap Vert, ce superpétrolier échoué à l'Anse-aux-Sarcelles, a tourné au drame. Voici le compte rendu de Marie-Lune Beaupré :

«Alors que deux policiers héliportés se préparaient à sauter sur le pont du navire, l'un d'eux a été atteint par des coups de feu. L'homme a aussitôt été secouru par son compagnon. L'hélicoptère et le navire de la Garde côtière canadienne ont battu en retraite à toute vitesse. Le porte-parole de la GRC refuse de commenter l'opération, se contentant de dire que le commissaire fera une déclaration demain. Nous en saurons alors davantage sur l'état du policier blessé. Quant à l'opération abordage, elle a été très mal préparée, selon une source fiable. Et on n'en sait pas davantage sur les occupants du superpétrolier. Personne n'a encore réussi à les identifier. Le propriétaire du navire ou la société qui l'affrète doivent bien avoir une liste des membres de l'équipage. Qu'est-il arrivé au pilote québécois du Cap Vert ? Panne de communication ?

Plus personne n'y croit. Les experts consultés par Radio-Canada sont unanimes : ces superpétroliers sont équipés d'un système de communication d'urgence qui leur permet de faire face aux pires situations.

Plus tôt aujourd'hui, le directeur de la raffinerie de Lévis a confirmé que l'immense pétrolier, le Cap Vert, *de la société Euronavire, contient 900 000 barils de pétrole qui lui étaient destinés. Selon un employé de la raffinerie qui a demandé l'anonymat, plus personne ne croit que le* Cap Vert *s'est enlisé à la suite d'une fausse manœuvre. La navigation est périlleuse dans cette portion du Saint-Laurent, mais les pilotes québécois l'ont apprivoisée depuis longtemps. La même source soutient que le superpétrolier pourrait avoir déversé plus de 100 000 barils de pétrole dans le fleuve. La Garde côtière et Environnement Québec refusent de spéculer, mais admettent que le déversement est très important. Des deux côtés du fleuve, les mêmes rapports alarmants déferlent depuis les dernières heures. Marée noire, désastre écologique, des oiseaux marins morts ou englués, des berges tachées d'huile. « Le gouvernement réagit mollement », dit une autre source. Les plans d'urgence sont insuffisants ou inexistants. Pourquoi n'a-t-on pas lancé l'opération nettoyage plus tôt ? « On est dans le brouillard total. C'est à n'y rien comprendre », a répondu notre interlocuteur.*

Quant aux quatre marins qui se seraient enfuis du navire, la Sûreté du Québec a suspendu les recherches pour la nuit. Elles reprendront à l'aube.

Le premier ministre René Saint-Martin a réuni son cabinet de crise deux fois, réunions d'urgence qui ont abouti à la triste conclusion que personne ne sait exactement de quoi il en retourne. Radio-Canada a appris que le premier ministre du Québec s'adressera à la population demain.

Marie-Lune Beaupré à l'Anse-aux-Sarcelles. »

Le premier ministre éteint la radio. Il en a assez entendu. Ce maudit navire immobilisé dans le Saint-Laurent le désespère.

Il craint une catastrophe qui entacherait son dernier mandat. Qui pourrait même mettre fin à sa carrière. Ce qui l'horripile par-dessus tout, c'est qu'il n'a aucune emprise sur le drame du *Cap Vert*. Ce n'est pas lui qui tire les ficelles. Il est forcé de s'en remettre à Ottawa qui vient de bousiller sa première tentative de prendre le contrôle du navire. René Saint-Martin se lève, fouille dans la pile de disques numériques, et glisse les Suites pour violoncelles de Bach dans le lecteur, en espérant que Mstislav Rostropovitch l'aidera à oublier la gravité de la situation. Le téléphone sonne. C'est le médecin traitant de sa femme.

— Vous devez venir maintenant. J'ai l'immense regret de vous annoncer que la fin est toute proche. Nous allons maintenir votre épouse en vie jusqu'à votre arrivée. Je suis désolé, monsieur le premier ministre.

2 juin 2018

6 heures

Anita Bouchard ouvre l'œil, pensant que le vent vient de renverser l'un des pots de fleurs qu'elle a laissés sur sa galerie arrière. Mais le bruit se fait plus insistant – des coups répétés –, on frappe à sa porte! Un jour grisonnant se lève à l'horizon. Elle enfile quelques vêtements et va vérifier la source du tapage. En tirant le rideau, elle a un geste de recul. Un homme est là. Il fait de grands signes à la fenêtre. Anita Bouchard s'étonne encore davantage quand un deuxième inconnu apparaît derrière l'épaule du premier. Depuis toutes ces années qu'elle vit seule, elle n'a jamais eu peur, ne s'est jamais sentie menacée, même quand des voisins ivres titubaient dans la rue aux petites heures de la nuit. Mais ce matin, devant ces visages étrangers, la peur l'envahit.

Elle lorgne le téléphone, à sa portée, mais se dit qu'ils risquent de devenir agressifs s'ils s'aperçoivent qu'elle appelle au secours. Tout à coup, l'un d'eux lui fait de grands signes de la tête, comme pour dire «non», pour lui signifier qu'il n'a pas d'intentions malveillantes. Puis il indique sa bouche du bout des doigts. «Il a faim», pense la vieille dame. Les laisser entrer, les nourrir et trouver un moyen d'appeler à l'aide? De toute façon, elle est coincée, elle n'a pas le choix.

Elle ouvre doucement la porte. Aussitôt, quatre hommes s'engouffrent dans la maison et vont s'agglutiner dans un coin. Comme s'ils avaient peur d'elle. Ils sont sales, dépenaillés.

L'un d'eux est pieds nus, ayant perdu ses chaussures. Le premier qu'elle a vu dans la porte lui dit quelques mots.

— Manger, faim.

Elle ne reconnaît pas son accent. À l'évidence, le français n'est pas sa langue maternelle. Elle les conduit dans sa cuisine d'été et leur fait signe de s'asseoir autour de la table. Elle revient aussitôt avec un pichet et quatre verres d'eau qu'ils ingurgitent d'un trait. Elle ne saisit pas un mot de la conversation qu'ils ont à voix basse, mais soudainement elle devine l'identité de ses visiteurs. Qui d'autre que les marins en fuite du *Cap Vert*, dont la radio a parlé à plusieurs reprises hier ? Anita est encore plus inquiète. Elle doit avertir les autorités sans tarder. Elle détaille les quatre hommes, costauds, sauf un, les cheveux rasés, le teint foncé. Elle n'arrive pas à croiser leur regard. Elle leur offre du pain, de la confiture, des pommes et des galettes à la mélasse qu'elle a faites la veille, en espérant que ses petits-enfants viendraient passer la fin de semaine avec elle. Des galettes que ses visiteurs examinent et hument longuement avant d'avaler la douzaine qui se trouvent dans le plat.

Puis, celui du groupe qui semble saisir quelques mots de français pointe le téléphone du doigt.

— Police, dit-il.

Anita Bouchard n'est pas certaine de bien comprendre. Essaie-t-il de la prévenir de ne pas appeler la police avant qu'ils soient repartis ? Elle fait non de la tête pour les rassurer, mais l'autre insiste.

— Police, police.

Elle est de plus en plus décontenancée. Elle se lève, fait quelques pas vers le téléphone et se retourne. D'un geste de la main, il lui indique de continuer. Elle décroche l'appareil, les yeux rivés sur son interlocuteur et se décide à composer le 911.

— Ils sont quatre et je suis bien certaine que ce sont les marins en fuite que recherche la police depuis hier.

104

Elle donne son adresse à la téléphoniste et revient dans la cuisine d'été. Les quatre hommes amorcent alors une conversation endiablée, ponctuée de gestes brusques, qui font peur à Anita. De quoi parlent-ils? L'un d'eux en particulier est très émotif. Quand il se met à pleurer, Anita s'esquive. « Si la police peut se pointer au plus vite! »

Dix minutes plus tard, trois véhicules banalisés arrivent à toute vitesse à la maison d'Anita. Onze agents de la GRC en sortent, les armes au poing. Anita vient à leur rencontre.

— Ne les apeurez pas davantage. Ils ne sont pas dangereux. Je crois qu'ils veulent se rendre.

Armand Gohier, le commandant du groupe, suit Anita jusqu'à la cuisine d'été. En le voyant, accompagné de tous les autres policiers, les marins placent aussitôt leurs mains sur la nuque. L'un d'eux tremble, l'autre pleure encore.

— Vous parlez français? demande le commandant.

Celui qui a dit déjà quelques mots sort un passeport détrempé de sa poche et le tend au policier: « Zinédine Boulifa ». Armand Gohier met le passeport dans sa poche et somme ses collègues de surveiller le groupe. Il sort de la maison et appelle son supérieur.

— Vous les emmenez à Québec immédiatement, ordonne le directeur de la GRC. Ils ne sont pas armés?

— Non.

— Passez-leur quand même les menottes. On n'est jamais assez prudent.

Alerte météorologique émise par le Centre canadien de prévision des ouragans: l'ouragan se dirige à cette heure-ci vers l'est du Québec, accompagné de vents de 150 kilomètres à l'heure et de pluies torrentielles, assorties de crues soudaines. La navigation commerciale et de plaisance est fortement déconseillée.

7 heures

Salicorne s'impatiente. Les canetons caquettent. Amélie ouvre un œil, attrape une patte de la chatte qui veut jouer, mais elle n'a pas le temps d'aller plus loin. Son portable vibre. Un texto de Guy. «*Allume ta radio au plus vite. L'horreur!*»

Amélie repousse Salicorne, sort de son lit et cherche son portable. Elle clique sur l'application de Radio-Canada. La voix de l'animateur du matin est plus intense que d'habitude quand il présente le reportage de Marie-Lune Beaupré. Il pèse chacun de ses mots:

Après l'abordage raté d'hier soir, voilà que les tribulations du Cap Vert prennent une tournure encore plus tragique ce matin. Marie-Lune Beaupré est avec nous. Marie-Lune, qu'avez-vous appris?

«Jean-François, la police ne veut pas confirmer que les trois corps retrouvés ce matin sur les berges de Berthier-sur-Mer seraient ceux de marins du Cap Vert. Pour l'instant, elle refuse de révéler comment ils sont morts. Accident, meurtre? Aucune réponse. Ce sont deux enfants qui ont aperçu les corps flottant dans l'eau sale, le visage immergé. Selon un premier témoin, les cadavres légèrement vêtus n'avaient aucune trace apparente de violence. Se seraient-ils enlevé la vie? Les aurait-on jetés à l'eau du haut du pont du superpétrolier? Ce ne sont que des hypothèses pour l'instant. Par ailleurs, nous sommes toujours sans nouvelles des quatre marins qui se seraient enfuis du navire hier...»

Amélie se laisse tomber sur son lit. Désemparée devant l'ampleur du drame. «Si seulement Fabien était encore ici», se surprend-elle à penser, ignorant les lamentations des jeunes canards affamés et les finasseries de Salicorne. Elle n'arrive pas à faire le tri de ses pensées. «Des marins en fuite, d'autres jetés à l'eau, ceux qui sont sur le navire tirent sur les policiers... Ils ont probablement tué le pilote québécois, ce qui explique que le navire ne peut plus bouger. Jusqu'où iront-ils?»

106

Amélie prend une douche rapide, enfile ses vêtements, en manquant trébucher sur Salicorne, puis réchauffe un croissant. Elle retire les trois canetons de la boîte, en nettoie la litière, tout en repoussant les petits gloutons qui lui picorent les mains et les pieds, sous l'œil ahuri de la chatte. Elle découpe quelques morceaux de pain qu'elle trempe dans l'eau et les nourrit, en augmentant les rations de crainte de ne pas avoir le temps de revenir à la maison vers midi. Elle sert une généreuse portion de Whiskas à Salicorne. Avant de partir, elle laisse sortir le chat et rabat le couvercle grillagé sur la boîte des canetons. Dehors, le vent est déchaîné. Il court au sol, comme une couleuvre invisible, en zigzaguant dans les longues herbes. Les hirondelles volent en rasemottes, les feuilles du peuplier tournent de l'œil. «Tempête à l'horizon», se dit Amélie en pensant à Cyprien Lagrange, dont les prévisions météorologiques, inspirées par toute une vie passée à observer la nature, sont toujours très justes.

— Salut, Amélie, lui lance le maire quand elle arrive dans l'Anse-aux-Sarcelles, debout sur une seule pédale de sa bicyclette.

— Du nouveau ? demande-t-elle.

— Oui, regarde au bout de l'anse. La police est là depuis une heure. Un pêcheur a trouvé deux cadavres ce matin. Des étrangers. Probablement des membres de l'équipage.

Songeuse, elle s'arrête, ouvre son portable et envoie un texto à Marie-Lune Beaupré. «Deux autres cadavres de matelots à l'Anse-aux-Sarcelles.»

— Qui sait si on ne va pas tous les retrouver avant la fin de la journée ? Il y a environ 25 membres d'équipage sur un bateau comme celui-là, en plus du pilote québécois.

Un hélicoptère de la Garde côtière canadienne tourne autour du navire quelques instants, le temps que le copilote prenne des photos. Le vent rend la manœuvre périlleuse. Toujours personne sur le pont. Aucun signe de vie sur l'immense vaisseau.

Amélie, la main en visière, jette un rapide coup d'œil vers les policiers qui déposent les cadavres sur des brancards, puis elle se tourne vers le pétrolier. Elle l'observe longuement. Que se passe-t-il ? Elle s'approche de la rive et constate avec désolation que la nappe d'huile a épaissi. À quelques mètres d'elle, des hommes, des femmes et des enfants tentent de nettoyer les dégâts, sous l'œil méfiant d'une dizaine de policiers. Quelques-uns ont entrepris de laver des canards englués, mais où les relâcher ? La carcasse d'un grand héron a été retirée de l'eau. «Probablement celui qui s'envolait à mon arrivée le matin. Merde de merde !»

Elle s'approche d'Olivier Bouchard.

— À quoi pensez-vous ?

Il baisse les yeux et fait deux pas, les poings serrés dans ses poches. Amélie devine sa colère, son impuissance. Elle le sent tendu comme la babiche d'une raquette.

— Vous avez eu des nouvelles de Fabien et Jean ces jours derniers ? demande-t-elle.

— Non, aucune. Ils avaient probablement besoin de changer d'air.

Amélie a des remords. Est-elle la cause de ce départ ? Est-il trop tard pour revenir en arrière ? «Ce serait une erreur, lui a dit sa mère. Il ne changera jamais. Un bon gars, mais un bon gars ennuyant, dénué de tout romantisme, qui vivra sa vie en parallèle avec la tienne et qui te rendra malheureuse. Assez ! Passe à autre chose.» Mais Amélie se surprend encore à rêver que Fabien aille au-delà de l'amour platonique. Qu'il la prenne dans ses bras sans qu'elle soit obligée de s'y glisser, qu'il lui fasse l'amour avec un brin de passion.

Le vent souffle de plus en plus fort. Le fleuve a des comptes à régler avec le grand pétrolier et, qui sait, peut-être d'autres cadavres à régurgiter.

Radio-Canada, 8 heures

Mesdames, messieurs, bonjour. D'autres cadavres de marins étrangers ont été retrouvés il y a quelques minutes à l'Anse-aux-Sarcelles. Marie-Lune Beaupré, vous avez également des informations sur les quatre marins qui se seraient enfuis du Cap Vert ?

« En effet, après ceux de Berthier-sur-Mer, la Sûreté du Québec et la GRC confirment qu'un pêcheur a découvert deux autres cadavres à l'Anse-aux-Sarcelles. Une source fiable a confirmé à Radio-Canada qu'il s'agit de ressortissants de différents pays et que tout indique qu'il s'agit bien de matelots du Cap Vert.

En tout, jusqu'à présent, cinq cadavres ont été retrouvés ce matin. Tant les porte-parole des corps de police que du premier ministre refusent de commenter pendant que les enquêtes sont en cours. D'autre part, un citoyen de l'Anse-aux-Sarcelles qui préfère ne pas être identifié soutient que tôt ce matin trois véhicules banalisés, vraisemblablement de la GRC, ont convergé vers une maison isolée. Quatre suspects ont été arrêtés, qui n'auraient offert aucune résistance. Les quatre sont en route vers Québec où ils seront interrogés. Encore une fois, les policiers refusent de confirmer ou de démentir notre information. Je vous signale en terminant que la GRC fera une déclaration à 11 heures sur l'opération abordage ratée d'hier soir et on en saura sûrement davantage sur les arrestations et sur l'identité des cadavres retrouvés.

Marie-Lune Beaupré à Québec. »

Ils sont cinq autour de la table dans une chambre du Château Frontenac, donnant sur le Saint-Laurent. Deux officiers de la GRC, dont le commissaire, le directeur de la Garde côtière canadienne, le chef de la Sûreté du Québec et un Américain, Dwight Benson, le conseiller en sécurité des États-Unis à l'ambassade américaine, venu expressément d'Ottawa.

— Qu'est-ce qui n'a pas fonctionné hier soir ? demande Benson, avant même que le commissaire de la GRC n'entame la réunion.

Le ton de l'Américain est incisif, teinté de reproches. Trapu, il a des allures d'un jeune Richard Nixon. Ses interlocuteurs en sont agacés, d'autant plus qu'il s'est présenté sans invitation à cette réunion. Simon Heffner, le commissaire de la GRC, fraîchement arrivé à Québec, se retient de ne pas le rabrouer.

— L'affréteur du navire jure avoir vérifié l'identité et le curriculum de chaque matelot et n'avoir rien remarqué qui portait à croire que l'équipage avait été infiltré par des mutins ou des terroristes. Et qui plus est, il se dit absolument convaincu qu'il n'y avait pas d'armes à bord du pétrolier.

— Elles seraient donc tombées du ciel? ironise Benson. En tout cas, ils feraient mieux de revoir leur système de sécurité, car clairement ces armes étaient à bord au moment du départ.

Simon Heffner n'a pas d'arguments pour contredire l'Américain. Il ne comprend pas davantage comment des armes du calibre de celles utilisées la veille ont pu se trouver sur l'océanique. Policier de carrière, minutieux à l'excès, il ne laisse jamais rien au hasard. Heffner a horreur qu'on défie son autorité et encore plus qu'on mette en doute sa compétence. Les yeux perçants, le ton sec, il est intimidant, mais l'Américain ne recule pas d'un centimètre.

— Et je présume que vous êtes toujours sans nouvelles du pilote québécois? le presse ce dernier.

Le directeur de la Sûreté du Québec, Bernard Dupuis, s'empare du crachoir. L'attitude de ce Benson lui déplaît au plus haut point.

— On a tout vérifié. Il est sans reproche. Aucun dossier criminel. Aucun lien avec des groupes criminalisés, de près ou de loin. Une femme, trois enfants, amateur de pivoines… Vous voulez en savoir davantage?

Dwight Benson le fixe d'un regard dur et se tourne vers le commissaire de la GRC.

— Et les corps retrouvés ce matin? C'étaient des marins du *Cap Vert*? Et ceux que vous avez finalement attrapés, qu'est-ce qu'ils disent?

— On poursuit l'enquête. Trois des corps n'avaient aucune pièce d'identité, les deux autres étaient originaires des Philippines. Quant aux quatre fuyards, nous venons de les conduire à notre quartier général. Nous les interrogerons dans quelques minutes.

L'Américain se lève, remplit sa tasse de café et s'approche de la fenêtre. Il branle la tête, comme s'il se croyait entouré d'imbéciles.

— Quel est l'état de santé du policier? enchaîne le chef de la SQ à Simon Heffner, pour changer l'allure de la conversation.

— Il est blessé gravement. Les médecins ont réussi à extraire la balle logée dans son poumon gauche. Ils ont bon espoir qu'il survivra.

— On a fait analyser la balle? demande Benson en se retournant vers les Canadiens, qu'exaspère une fois de plus le peu d'empathie manifesté par le diplomate américain.

— Bien sûr, réplique le commissaire de la GRC.

— Et que planifiez-vous pour la suite des choses? insiste Benson.

— Nous prenons nos responsabilités et nous vous tiendrons au courant si nous le jugeons à propos, tranche Simon Heffner dont la colère est à peine contenue. Bonne journée.

Il se lève et quitte la chambre, suivi des trois autres, sous le regard furibond de l'Américain qui les intercepte avant qu'ils ne franchissent la porte.

— Nos services de sécurité, y compris la NSA et la CIA, ont de bonnes raisons de penser que la menace est beaucoup plus sérieuse que vous semblez le croire. S'il s'agit d'une nouvelle mutation du terrorisme, il faut la tuer dans l'œuf. Je vous suggère fortement d'attendre les informations que nous allons obtenir dans les heures qui viennent avant de planifier quoi que ce soit.

Benson se retourne vers la fenêtre. Heffner jure intérieurement.

9 heures

Au détachement de Québec de la GRC, près de l'aéro-port Jean-Lesage, les quatre marins sont conduits dans une cellule. L'un d'eux tend ses mains vers un policier, façon de lui demander d'enlever les menottes.

— Attends un peu, je m'informe et je reviens.

Le directeur accepte aussitôt.

— Ils ne me semblent pas très menaçants. Enlève-leur les menottes, ça les mettra en confiance et ils nous racon-teront tout ce qui se passe sur le *Cap Vert*. Donnez-leur à manger en attendant Robert Sanschagrin. C'est lui qui va les interroger.

Dix minutes plus tard, l'enquêteur invite les quatre hommes à s'asseoir à la table avec lui. Il ouvre le passeport de Zinédine Boulifa et l'examine longuement.

— Vous êtes algériens ?

Les quatre le regardent intensément. L'un d'eux hausse les épaules.

— Vous ne comprenez pas le français ?

— Algérie, dit Boulifa.

Robert Sanschagrin tente d'engager la conversation, mais aucun des quatre ne peut y donner suite, ni en français ni en anglais. L'enquêteur retourne voir le directeur et la décision est prise de demander au Consulat général de l'Algérie, à Montréal, de leur envoyer un interprète.

Depuis le matin, les télés roulent en boucle avec les images des cadavres retirés de l'eau, des images captées par des riverains et refilées aux télévisions. Elles remplacent les images de mauvaise qualité de l'abordage raté de la veille, alors que les mesures de sécurité étanches, la distance et l'obscurité naissante ont empêché les caméramans de bien faire leur travail.

Tous les grands médias convergent vers l'Anse-aux-Sarcelles, où la Sûreté du Québec a déployé une cinquantaine de policiers pour retenir les journalistes et les curieux qui seraient tentés de s'approcher du superpétrolier. Les télévisions canadiennes, américaines et même la vénérable BBC plantent leurs caméras sur la colline qui surplombe le fleuve, en s'assurant que le navire soit bien visible en arrière-plan. Les camions satellites stationnés à la queue leu leu obstruent le chemin de terre qui conduit à l'Anse-aux-Sarcelles. Des techniciens tirent de longs fils. Des réalisateurs parlent dans deux téléphones à la fois. Les journalistes, téléphone intelligent en main, gazouillent à qui mieux mieux en attendant d'aller en ondes et de faire part des derniers développements. Une journaliste du réseau CTV tient sa longue chevelure d'une main et son microphone de l'autre pour montrer la force du vent qui compliquera toute nouvelle tentative d'abordage du navire. Les riverains médusés contemplent le cirque médiatique dans toute sa splendeur.

Le correspondant de CNN dame le pion à tous ses concurrents en parlant d'une mutinerie à bord du *Cap Vert*, «une possibilité évoquée par le Pentagone», selon ses sources. Il y a deux ans, le même pétrolier avait connu de sérieux ennuis et avait été immobilisé pendant trois jours au large de l'Espagne, rappelle le journaliste Tom Gorman. Les matelots l'avaient déserté. La nouvelle est aussitôt reprise en chœur par tous les autres médias. Appelé à commenter cette information, le porte-parole de la GRC se contente de la qualifier d'hypothèse. Mais ce ne serait pas la première fois que les journalistes américains sont mieux informés que leurs collègues des médias du pays concerné. Lors des attentats de Paris en novembre 2015, les reporters américains obtenaient de sources proches de la CIA et de la NSA beaucoup plus d'informations que leurs collègues français n'en recevaient de leurs sources policières. «À n'en pas douter, songe Marie-Lune Beaupré, les Américains sont mieux informés que nous. Il va falloir que j'active mes contacts de l'autre côté de la frontière!» Elle tentera de joindre Secret plus tard. Il en sait sûrement beaucoup plus qu'il ne le laisse croire.

À Québec, les radios se déchaînent. La découverte des cadavres, même s'ils ne sont pas encore identifiés, donne prétexte à un échafaudage de théories, tournant autour de celle de la mutinerie évoquée par CNN. Certains se targuent même de reconstituer la scène. Des marins furieux jettent le pilote par-dessus bord et prennent le contrôle du navire. Pourquoi ? Là encore, les suppositions abondent. Mal nourris, mal payés, exploités, mal du pays, etc. Cette théorie de la mutinerie a l'avantage de faire oublier l'autre, beaucoup plus inquiétante.

« Où est notre premier ministre ? Avons-nous encore une ministre de l'Environnement ? Pourquoi refuse-t-on de nous donner l'heure juste ? » vocifère un animateur.

Fiona Bouchard, la ministre de l'Environnement, frappe à la porte de Paul Lévesque. Il n'est pas étonné de sa visite, mais surpris quand elle lui tend un café.

— J'ai un sachet de sucre et un petit contenant de lait si t'en veux.

— Non, merci.

Paul Lévesque est irrité par la familiarité de la ministre. Il n'aime pas qu'on le tutoie. La tentative de rapprochement l'importune. Il a toujours pris bien soin d'éviter d'ouvrir la porte à une trop grande complicité entre lui, des ministres ou des députés qui chercheraient à s'en faire un allié. Doit-il faire comprendre à cette femme qu'un café ne pourra d'aucune façon sceller entre eux une quelconque amitié ?

— Peux-tu m'expliquer ce qui s'est passé hier soir ? Comment est-ce possible que la Garde côtière et la GRC aient été si mal préparées ?

Paul Lévesque refroidit les ardeurs de la ministre d'un grand geste de la main. Tôt ce matin, il a essayé de joindre le premier ministre Saint-Martin, sans succès. Le chef de cabinet s'est contenté de lui dire qu'il allait réunir son conseil restreint un peu plus tard dans la journée.

— Je n'ai pas de réponse à vos questions. Le premier ministre veut nous voir dans quelques minutes. Je compte bien faire en sorte qu'il nous livre toutes les informations qu'il détient. Pour l'instant, tout ce que la GRC a daigné nous dévoiler, c'est que le navire-citerne n'est pas endommagé ni menacé de couler.

— Donc, on n'a pas constaté d'autres déversements, affirme Fiona Bouchard, comme pour se consoler.

Le sous-ministre de l'Environnement se contente de hausser les épaules. Son portable sonne. Ils sont attendus au bureau du PM.

— Avant de partir, se ravise Fiona Bouchard, sais-tu qui est la source de la journaliste de Radio-Canada ? Quelqu'un lui raconte les délibérations du cabinet, c'est clair. Dois-je me méfier de mes propres collègues ?

Paul Lévesque a une moue d'impatience.

— Vous devriez savoir, madame, que dans un parlement, tout se sait. Et que certains journalistes en savent plus que d'autres.

— Et Marie-Lune Beaupré est de celles-là ?

— Il semblerait que oui, répond-il sur un ton narquois.

* * *

Amélie Breton a chaussé ses grandes bottes de caoutchouc. Elle a décidé de prendre le contrôle de l'opération nettoyage. Avec un groupe de bénévoles, elle parcourt la rive à la recherche d'oiseaux en détresse. Elle glisse la main dans les anfractuosités, relève des branches affalées, se faufile à travers les herbes longues. Pour l'instant, la biologiste ne retrouve que des poissons morts. Et qu'arrivera-t-il aux survivants ? Si les scientifiques ont constaté de graves anomalies sur les poissons de la rivière Chaudière, après le déversement de Lac-Mégantic en 2014, qu'en sera-t-il des poissons du Saint-Laurent si cet immense pétrolier déverse son contenu dans le fleuve ? Et ses chers bélugas, officiellement déclarés en voie de disparition depuis deux ans ? Les données alarmantes se sont succédé : déjà en 2015, quatorze carcasses avaient été recensées, dont la plupart étaient des femelles qui venaient de mettre bas et des nouveau-nés. Et il en restait moins de 800 il y a à peine six mois.

— Bonjour, Émilie.

La biologiste se retourne vivement, les nerfs à fleur de peau.

— Toi! De si bonne heure.

Marie-Lune Beaupré passe sa main dans ses cheveux ébouriffés. La réalisatrice de RDI va encore lui dire qu'elle a l'air d'une itinérante, mais elle n'en a que faire. Au départ, elle devait travailler pour la radio et la radio seulement, mais comme elle a toujours plus d'informations et d'informateurs que les autres, elle est constamment réquisitionnée par ce qu'elle a baptisé «l'usine à saucisse de RDI».

— On aurait aimé avoir de meilleures images des noyés, mais la sécurité est de plus en plus serrée. Heureusement qu'un citoyen en a capté avec son portable et nous les a remises.

— C'est malade. On est une vingtaine à essayer de peine et de misère de nettoyer les berges et ils nous surveillent comme si on était des criminels.

Dans le ciel, tout près d'elles, plane une volée de canards qui cherchent un endroit où se poser. Amélie et Marie-Lune les suivent des yeux avant qu'ils ne disparaissent au détour de l'Anse.

— T'es pas obligée de me répondre, Amélie, mais j'ai, depuis deux jours, une information d'une très bonne source. Cette personne m'a dit que le béluga trouvé mort à L'Isle-aux-Grues aurait été tué par des écologistes pour envoyer un message aux gouvernements provincial et fédéral.

Amélie la dévisage, sidérée.

— Des écologistes? s'indigne la jeune femme. C'est absurde! Ça n'a aucun sens! Encore une invention des politiciens pour masquer leur lâcheté, leur mauvaise foi, leur refus de combattre la pollution qui empoisonne le fleuve.

116

— Je sais, mais je tiens ça d'une source très très fiable. Ils auraient attiré le béluga dans un filet et l'auraient traîné sur une longue distance avant de le tuer à l'arme blanche. J'ai vu les photos que la police a dans son dossier. On voit nettement les plaies laissées par les coups de couteau. Je ne parviens pas à faire confirmer ces informations. Je me disais que t'avais sans doute entendu des conversations.

— Non, je le jure. Jamais. Je n'arrive pas à y croire. Si c'est vrai, ceux qui ont fait ça ne sont pas des écologistes, mais des criminels.

Amélie réfléchit un instant.

— C'est peut-être des agents provocateurs, pour discréditer les écologistes. Pourquoi t'appelles pas Guimond Rouleau, le biologiste de L'Isles-aux-Grues ? Attends, j'ai ses coordonnées dans mon téléphone.

— Bonne idée. Merci. Je l'appelle.

Le biologiste ne répond pas. Marie-Lune lui laisse un message. Les deux femmes restent un long moment sans parler, les yeux fixés sur le *Cap Vert*.

— T'en sais plus que ce que t'as raconté à la radio ce matin ? demande Amélie.

— J'ai un bon contact qui me dit que les Américains brûlent d'impatience de prendre le contrôle des opérations. Pas sûre que ce soit une bonne nouvelle. S'ils mettent leurs gros pieds dans les plats, ils pourraient provoquer une catastrophe.

— Tu imagines si le navire devait déverser toute sa cargaison ? Ce sera le pire désastre de toute l'histoire, pire que le déluge du Saguenay, pire que la crise du verglas ! Il faudra des années pour que le fleuve retrouve la santé, s'il la retrouve jamais, murmure Amélie, d'un air atterré. Tu vois bien, à défaut d'une véritable opération de nettoyage, la nôtre est artisanale. C'est pitoyable. Le prétendu plan d'urgence du gouvernement ne fonctionne pas. Nos municipalités sont complètement dépassées. Notre eau potable est contaminée...

— Si seulement ils le remorquaient, ce serait toujours ça de pris, ajoute Marie-Lune.

Amélie est pessimiste. Elle craint maintenant une catastrophe. L'instinct de Cyprien Lagrange ne trompe jamais. Et le vent qui souffle à arracher les toits n'inspire rien de bon. Un vent de malheur, annonciateur de cataclysme.

Elle prend congé de la journaliste et fait le tour des bénévoles pour vérifier si quelqu'un a eu des nouvelles de Fabien. Personne ne l'a vu, ni lui ni Jean Plourde. Que mijotent-ils ? Elle revoit son attitude renfrognée, son regard courroucé des derniers jours. Comme s'il voulait faire payer à quelqu'un le déversement d'hydrocarbure et la fin de sa relation amoureuse. Va-t-il se laisser influencer par un casse-cou comme Jean Plourde que rien n'arrête ? Elle essaie de se rassurer en se disant qu'ils ne peuvent rien faire contre un navire de cette taille. D'autant plus que l'accès au fleuve est interdit et que des policiers surveillent la scène jour et nuit.

10 heures

Après sa réunion, le chef de la Sûreté du Québec se rend au parlement. Son assistante vient de l'informer que le premier ministre veut le voir de toute urgence.

— Bonjour, monsieur le premier ministre. Comment va Mireille ?

— Le médecin veut la débrancher. C'est fini. Je lui ai demandé de la garder en vie, en attendant que la crise soit passée. Je devrais être avec elle, mais les événements m'en empêchent. Je suis le chef du gouvernement. C'est la nature de mes responsabilités. Je sais qu'elle comprendrait. Mais qu'avez-vous de neuf à m'apprendre ? Où en est-on ?

— J'arrive d'une réunion avec la GRC et un conseiller de l'ambassade américaine. J'ai bien l'impression que les services de sécurité américains brûlent d'envie de prendre le contrôle des opérations.

— Les Américains ?

118

— Il paraît qu'ils auront des informations très importantes avant la fin de la journée.

— Et Ottawa va les laisser faire? Et nous, dans tout ça? Non seulement on est à la merci d'Ottawa, mais il faudrait en plus qu'on se fasse dire quoi faire par les États-Unis?

Dupuis hausse les épaules. Ces considérations politiques ne l'intéressent pas. «Ne serions-nous pas mieux protégés par les Américains que par la GRC?» se surprend-il à penser.

— On va encore resserrer la sécurité dans le parlement. Le danger est réel. Il y a des menaces sur les réseaux sociaux. Des fanfaronnades pour la plupart, mais on ne peut rien laisser au hasard.

— Est-ce que vos enquêtes progressent ou vous tournez en rond? s'impatiente le premier ministre.

— Je crois que nous avons une bonne piste. Je suis en mesure de vous dire qu'il y a un lien entre les communiqués, l'explosion du bateau de pêche et le cadavre du béluga de L'Isle-aux-Grues.

Le premier ministre le regarde intensément.

— Y inclus le communiqué glissé sous ma porte?

— On a vérifié les empreintes digitales sur l'enveloppe et le communiqué, mais elles ne correspondent à aucune personne que nous avons dans notre système. Votre nom sur l'enveloppe et le texte du communiqué ont été dactylographiés sur un très vieil appareil. Ces machines à écrire sont désuètes, mais plusieurs collectionneurs en possèdent encore. Nous faisons les vérifications, mais nous avons établi que les communiqués ont été tapés sur la même machine.

— Vous avez procédé à des arrestations?

— Pas encore, mais nos soupçons portent sur des écologistes de la région de l'Anse-aux-Sarcelles, là où le *Cap Vert* est immobilisé.

— Il y a un lien avec le *Cap Vert*? demande vivement le premier ministre.

— Non. Je n'en vois pas pour l'instant. Je crois qu'on a affaire à deux groupes complètement différents.

— C'est tout?

— Si tout va bien, nous croyons pouvoir arrêter un ou des suspects dans les 24 à 48 prochaines heures. Entre-temps, ne faites surtout pas faux bond à vos gardes du corps.

— Tenez-moi au courant.

Le premier ministre renvoie Bernard Dupuis d'un geste de la main, mais le rappelle aussitôt.

— Vous avez refilé à la journaliste de Radio-Canada les images du béluga? Vous lui avez dit que ses chers écologistes l'ont tué de sang-froid, cruellement?

— Tel que convenu, monsieur le premier ministre, mais elle ne s'en est pas servi.

René Saint-Martin se mâche la lèvre de dépit.

— Maudits journalistes. Quand ça ne sert pas leurs causes personnelles, ils ferment les yeux...

Radio-Canada, 11 heures

Mesdames, messieurs, bonjour. Développement important: d'autres cadavres ont été découverts le long du Saint-Laurent, il y a quelques minutes. Nous joignons immédiatement notre collègue Marie-Lune Beaupré:

«D'abord, la Sûreté du Québec confirme la découverte de trois nouveaux cadavres dans une vasière de Grandes-Bergeronnes et d'un quatrième aux Escoumins. La GRC refuse de le confirmer, mais une source fiable affirme que les trois hommes ont été abattus de balles à la tête et au corps. Des marins du Cap Vert? Le porte-parole de la police ne veut pas spéculer avant d'avoir procédé à une identification complète des trois victimes. Comment expliquer que ces trois personnes aient été exécutées et pas les quatre présumés rescapés du Cap Vert qui ont été mis en garde à vue ce matin? En tout, huit marins ont été retrouvés morts jusqu'à maintenant. Quant au cadavre

découvert aux Escoumins, il pourrait s'agir du conducteur du petit bateau qui amène les pilotes du Saint-Laurent aux océaniques lorsqu'ils arrivent aux Escoumins, mais nous n'avons aucune confirmation pour l'instant.

— Marie-Lune, que sait-on des cadavres retrouvés plus tôt?

— La Gendarmerie royale du Canada confirme que les cinq cadavres retrouvés ce matin à Berthier-sur-Mer et à l'Anse-aux-Sarcelles étaient bien ceux de matelots du Cap Vert. Au soulagement des siens et des autorités, le pilote québécois qui a pris les commandes du navire aux Escoumins ne fait pas partie du groupe. On ne sait pas encore s'il pourrait se trouver parmi les trois cadavres découverts à Grandes-Bergeronnes. La GRC voudra d'abord consulter le résultat de l'enquête du coroner avant d'en dire davantage. Les noms des victimes seront communiqués plus tard. Il faut d'abord prévenir les proches, ce qui prendra du temps.

— A-t-on des nouvelles des quatre marins appréhendés ce matin?

— Ils sont toujours détenus au détachement de la GRC à Québec. Ils seraient tous les quatre d'origine algérienne. L'enquêteur de la police fédérale a tenté de les interroger, mais aucun d'entre eux ne parle français. On a donc fait appel au Consulat de l'Algérie pour trouver un interprète. Selon ce que nous savons pour l'instant, c'est une dame vivant seule dans la région de l'Anse-aux-Sarcelles qui les a aperçus à l'aube et a immédiatement alerté la police.

— Marie-Lune, quel bilan la GRC fait-elle de l'opération ratée d'hier soir?

— La GRC soutient qu'elle a décidé d'aborder le navire puisqu'il était impossible d'établir la communication avec le pilote et ses assistants. L'un des policiers a été touché par une balle tirée par un des occupants du navire. Il est toujours hospitalisé à Québec. On ne craint pas pour sa vie. La GRC soutient qu'elle avait assez d'informations pour passer à l'action et que l'opération n'était pas du

tout improvisée. Le porte-parole a cependant refusé de dire si on en sait davantage sur les occupants du superpétrolier.

— Dernière question, Marie-Lune : y aura-t-il une nouvelle tentative d'abordage avant la fin de la journée ?

— On me remet à l'instant une note indiquant que la GRC, en raison du mauvais temps, renonce à aborder le superpétrolier Cap Vert aujourd'hui. Le mauvais temps n'est probablement pas la seule raison de ce report. Nous avons appris que les Américains ont vivement reproché aux Canadiens ce qu'ils disent être l'amateurisme de l'opération d'abordage d'hier soir. Toujours selon la même source, les Américains reprochent à la GRC d'avoir mal fait ses devoirs et de s'être lancée dans une opération délicate sans avoir toutes les informations requises. Selon une source fiable, Washington dépêcherait à Québec un commando ultra spécialisé qui pourrait prendre le contrôle des opérations.

— Merci, Marie-Lune.

Un peu partout, le long du Saint-Laurent, la colère gronde. La tempête pousse de grosses vagues huileuses jusqu'au pied des maisons. Là où les sources d'eau potable ont été contaminées, les citoyens doivent faire la queue pour s'approvisionner, mais en quantité insuffisante pour subvenir aux besoins d'une famille. Le maire de l'Anse-aux-Sarcelles a été apostrophé par des concitoyens furieux.

— Où sont les plans d'urgence que vous nous aviez promis ? hurle un citoyen. Vous vous êtes encore laissés endormir par les gouvernements fédéral et provincial !

Le maire n'arrive pas à rassurer les siens, qui sont à la merci des rumeurs et de la spéculation. Plus tôt, un animateur de radio du bas du fleuve a émis l'hypothèse que des pirates se trouveraient à bord de l'océanique. Des pirates dans le fleuve Saint-Laurent ! Ce serait du jamais-vu dans les eaux canadiennes.

— Et si les mutins décident de faire sauter le superpétrolier ? Qui va nous protéger ?

Trop absorbés par les questions de sécurité, les gouvernements en oublient le déversement. Les opérations de nettoyage demeurent artisanales, et souvent mal ciblées.

Frustrée, Marie-Lune Beaupré surveille son portable. Elle tourne en rond comme une hermine en cage. Soudainement, toutes ses sources d'information se sont taries. Tant au gouvernement qu'à la GRC ou à la raffinerie. Comme chaque fois qu'il y a une crise, tous les canaux de communication se ferment, sous prétexte de ne pas nuire aux autorités policières. Finie la transparence promise par tous les intervenants quand le temps est au beau fixe. Elle n'arrive même plus à parler aux attachés de presse, habituellement trop heureux de chanter les louanges de leur patron ou de leur organisation.

La journaliste fait les cent pas sur la berge de l'Anse-aux-Sarcelles. Elle jette un regard courroucé à un badaud, dont la musique barbare jaillit des écouteurs pourtant enfoncés sur ses oreilles. Une musique sans relief, un fatras de bruits et de hurlements. L'attitude de cet impertinent la met en rogne. « Comment peut-on être aussi insouciant dans un moment semblable ? » Elle s'en éloigne et lit un courriel que Robert Morin, le directeur de l'information, lui a fait parvenir.

« *Lévis : La raffinerie précise que le* Cap Vert *transporte 815 000 barils de pétrole brut qui lui étaient destinés. Le superpétrolier a un équipage de 26 matelots d'origines diverses, en plus du pilote québécois. La société Euronavire, l'affréteur qui loue le superpétrolier, et le fabricant, la société Korean Heavy Industries de Corée du Sud, ont tous deux dépêché des représentants à Québec pour aider les enquêteurs.* »

« Huit cent quinze mille barils ! Combien ont déjà été déversés dans le fleuve ? » se demande Marie-Lune. Aucun moyen de le savoir. Elle tente de nouveau de joindre le responsable des communications de la raffinerie, mais tombe dans sa boîte vocale. Mécontente, elle recherche sur le web le maximum d'information au sujet des deux sociétés mentionnées dans le communiqué.

Son portable vibre une fois de plus. Au téléphone, elle est jointe par Mylène Talbot, sa collègue normalement affectée aux affaires municipales.

— Puis? lui demande Marie-Lune

— Je viens de parler à l'épouse du pilote québécois, répond Mylène Talbot. Elle dit que son mari est tout ce qu'il y a de plus normal, un homme heureux, bon père de famille, adorant son travail et en excellente santé. À moins de circonstances qui lui échapperaient, elle ne peut pas concevoir qu'il soit responsable de l'arraisonnement du navire.

— Quelqu'un à bord l'aurait forcé à agir ainsi? suggère Marie-Lune.

Elle ne voit pas d'autre explication.

— La police lui a donné des informations? Est-ce qu'ils ont des indices? L'enquête avance?

— Non, fait Mylène, cette femme m'a dit que le policier qui est venu chez elle s'est contenté de vérifier les allées et venues de son mari au cours des derniers jours. Il a posé beaucoup de questions, mais il a refusé de répondre aux siennes. Tu comprendras qu'elle est morte d'inquiétude.

— C'est tellement mystérieux tout ça, murmure Marie-Lune Beaupré.

— Tu ne crois pas à une mutinerie?

— Non. Pourquoi des marins auraient-ils attendu d'être si loin de leur port d'attache pour se rebeller? Et qu'est-ce qu'ils attendent pour se manifester? À ma connaissance, aucun d'entre eux n'a demandé l'asile politique, mais comme tout le reste, c'est impossible à vérifier.

— À moins que la mutinerie ait mal tourné et que quelques-uns seulement aient survécu.

— Peut-être.

Marie-Lune Beaupré prend congé de sa collègue et tente encore une fois de joindre Secret. Sans succès. Elle retourne auprès d'Amélie.

— Du nouveau de ton côté ?

— Non, rien. Et toi ?

— Le premier ministre va s'adresser à la nation dans peu de temps.

— Si tu savais à quel point je me fous de cet hypocrite. Incapable. Politicien !

La réplique cinglante d'Amélie arrache un sourire à la journaliste.

— Est-ce que Guimond t'a rappelée ? demande Amélie.

— Non. Merci de m'y faire penser. Je l'appelle.

Amélie balaie la rive du regard, se frotte les yeux de fatigue et décide de rentrer à la maison. Une sieste lui fera le plus grand bien, à condition que Salicorne et les trois canetons se fassent discrets. Elle se faufile entre les journalistes, leur équipement et la foule de curieux, la tête bourrée d'idées confuses. Comment expliquer qu'avec la technologie d'aujourd'hui on n'arrive pas à déterminer ce qui se passe sur le navire ? Pourquoi la SQ n'arrête-t-elle pas les auteurs de l'explosion du bateau de pêche et de la mort du béluga ? Elle voudrait tant comprendre. Obtenir l'assurance que son cher fleuve ne sera pas souillé irrémédiablement. Quand on a parlé de mutinerie, elle a tout de suite envisagé le pire, puis son esprit s'est égaré un moment. Elle a pensé à la mutinerie du Potemkine et à la chanson de Jean Ferrat que sa mère adore.

16 heures

Avant son discours à la nation, le premier ministre René Saint-Martin réunit autour de lui son cabinet de crise. Il est épuisé. Il n'a pas eu une seule heure de sommeil récupérateur depuis trois jours. Sa main tremble quand il soulève sa tasse de thé. Il la repose aussitôt sur son bureau.

— Est-ce que tout va bien, monsieur le premier ministre? le questionne Fiona Bouchard, la ministre de l'Environnement.

— Non. Ma femme est cliniquement morte, mais j'ai demandé qu'on la maintienne en vie jusqu'à la fin de la crise. Je n'ai pas envie d'en parler davantage. Procédons.

Après quelques secondes de malaise, Fiona Bouchard rompt le silence.

— La SQ n'a toujours pas retrouvé l'auteur du communiqué qu'on a déposé sous votre porte?

— Non.

— C'est donc qu'il y a toujours dans notre entourage quelqu'un qui est de connivence avec les terroristes, et qu'il ou elle circule dans le parlement en toute impunité.

— Ça veut dire que nous sommes tous menacés, renchérit la ministre des Affaires municipales.

Le premier ministre opine de la tête. La crainte est palpable. Paul Lévesque est impassible.

— C'est relié au *Cap Vert*? demande la ministre de l'Environnement.

— Sans aucun doute.

— Si je comprends bien, il n'y aura pas de nouvelles tentatives d'aborder le *Cap Vert* avant la fin de la tempête. Est-ce qu'on aurait des raisons de remettre en question la compétence de nos corps de police? continue Fiona Bouchard.

D'un geste de la main, le premier ministre lui fait signe de patienter.

— La GRC et la Sûreté du Québec ont colligé toutes les informations disponibles et Ottawa a jugé qu'ils en avaient assez pour intervenir. Ils m'ont prévenu une demi-heure avant de passer à l'action. Je ne sais pas pourquoi ils étaient si mal préparés. Cette fois, ce devrait être plus facile. Lorsqu'on aura interrogé les quatre fuyards, on aura une meilleure idée de ce qui se trame sur le navire.

— Radio-Canada prétend que les Américains sont impliqués. Est-ce que c'est vrai ? demande Marie Gauthier, la ministre des Affaires municipales.

Le premier ministre s'engonce dans sa chaise, enlève ses lunettes et se frotte les yeux.

— Oui.

— De quel droit ? s'étonne la ministre.

— Parce que ce sont les Américains. Ils se mêlent de tout, mais je dois reconnaître que leurs services de sécurité sont plus efficaces que les nôtres. Je présume qu'ils ont des raisons de penser que la situation peut dégénérer. Et comme le Saint-Laurent touche aussi aux États-Unis, bien qu'un déversement ne contaminerait pas les eaux en amont, ils se croient justifiés d'intervenir.

René Saint-Martin fait une longue pause. Ses interlocuteurs attendent en silence qu'il reprenne la parole.

— La bonne nouvelle, c'est que la Sûreté du Québec est sur le point d'arrêter nos petits terroristes. Elle est sur une bonne piste. Une question d'heures, mais soyez discrets. Pour ce qui est de la sécurité du parlement, elle sera renforcée 24 heures par jour.

Le chef du gouvernement se tourne vers Paul Lévesque, le sous-ministre de l'Environnement.

— As-tu d'autres informations sur le déversement ?

— L'opération de nettoyage est artisanale. Je n'ai pas besoin de te dire qu'on n'était pas prêts. Le plan d'urgence fédéral n'existait que de nom. Ils improvisent, comme d'habitude. Tous les niveaux de gouvernement ensemble ne peuvent même pas répondre au plus pressant. Je vous l'ai dit des centaines de fois, mais…

Agacé, le premier ministre fait un geste de la main pour l'interrompre.

— Épargne-moi tes remontrances. Quelle est l'étendue des dégâts ?

— Dans la région où le navire-citerne est immobilisé, les berges sont souillées à perte de vue. De nombreux poissons et oiseaux aquatiques sont morts. L'eau potable d'au moins huit municipalités riveraines est contaminée. Elles n'ont pas pu fermer les prises d'eau, n'ayant pas été informées à temps.

— La bonne nouvelle, se console le premier ministre, c'est qu'aucun nouveau déversement ne s'est produit depuis.

Le sous-ministre de l'Environnement roule des yeux ahuris. La ministre de l'Environnement se fait suppliante.

— Vous ne pouvez plus attendre, monsieur le premier ministre, plaide Fiona Bouchard. Il faut mettre de la pression sur Ottawa. Deux jours à se tourner les pouces, ensuite une opération ratée. Et maintenant? Ils attendent que la tempête passe? Si un superpétrolier s'était échoué dans le lac Ontario près de Toronto, je suis certaine qu'ils auraient agi immédiatement.

René Saint-Martin ignore la tirade de sa ministre. Il se frotte les yeux et s'apprête à mettre fin à la rencontre.

— La ministre de l'Environnement a raison, renchérit sa collègue de la Sécurité. La population a le droit d'exiger des informations. En tout respect, monsieur le premier ministre, je crois qu'il ne suffit plus de dire «je m'en occupe». S'il y a une catastrophe, nous serons les premiers blâmés.

Le premier ministre se lève, s'enfonce les pouces derrière la ceinture et se dirige vers la grande fenêtre de son bureau.

— Je vais m'adresser à nos concitoyens. On doit les rassurer du mieux qu'on peut.

Radio-Canada, bulletin de 18 heures

Mesdames, messieurs, bonjour. Contrairement à ce que soutiennent la GRC et la Sûreté du Québec, Radio-Canada a appris que ce ne sont pas des terroristes qui ont planté des couteaux dans le flanc du béluga retrouvé mort à L'Isle-aux-Grues. Le reportage de Marie-Lune Beaupré:

128

«Le biologiste qui a examiné le béluga quelques minutes après sa découverte soutient que le mammifère n'avait aucune blessure apparente. Le cadavre avait la peau intacte et ne dégageait pas d'odeur suspecte. Les lésions sur le flanc de l'animal lui ont été infligées plus tard. Après l'examen du biologiste, ce sont la Sûreté du Québec et la GRC qui ont récupéré l'animal aux fins d'enquête. Qui a tailladé le flanc du béluga et pourquoi? Une source policière fiable nous a déclaré que l'animal était intact à son arrivée à Québec et que les ordres seraient venus, et je cite, «d'en haut». Les porte-parole officiels de la GRC et de la SQ ont tous les deux qualifié cette information de farfelue, et évoqué un scénario de complot imaginé par une journaliste en mal d'attention. Ils ont cependant évité de démentir l'information.*

Marie-Lune Beaupré à l'Anse-aux-Sarcelles.»

19 heures

René Saint-Martin a horreur de la télévision. Un moyen de communication qui l'horripile. Un mal nécessaire, peut-être, mais déshumanisant. Qui exige qu'on résume sa pensée en dix secondes. Néanmoins, quand certains de ses ministres passent au petit écran, il se félicite qu'on ne leur accorde pas plus de dix secondes pour déparler.

Quand la maquilleuse s'approche de lui, il lui repousse gentiment la main.

— À mon âge, on n'a plus rien à cacher!

— Juste un peu de poudre, monsieur le premier ministre, sinon ce sera trop brillant.

René Saint-Martin jette un long coup d'œil à cette jeune fille bien tournée, visiblement pas intimidée du tout par le chef du gouvernement.

— Je brillerai donc de tous mes feux, mademoiselle.

Elle lui adresse un grand sourire, lui attache un sarrau autour des épaules, et applique une légère couche de poudre au visage du premier ministre.

— Vous travaillez trop. Vous avez les traits tirés et vos yeux sont injectés de sang. Vous devriez vous reposer.

René Saint-Martin force un sourire triste.

— Vous avez voté pour moi, mademoiselle ?

— Mon père, oui ; ma mère, non, et moi non plus !

Le chef du gouvernement est amusé par la franchise de la jeune femme.

— Merci, mademoiselle.

Il va s'asseoir derrière un bureau et demande au technicien d'activer le télésouffleur, histoire de se familiariser avec ce procédé qu'il déteste.

— Et ne va pas trop vite !

— Je vous suis, monsieur le premier ministre. Prenez tout votre temps.

« Mes chers concitoyens. Nous vivons en ce moment des heures difficiles. Vous vous demandez probablement ce que fait votre gouvernement. Vous avez sûrement une foule de questions, et je vous comprends. Sans doute souhaitez-vous savoir quand nous allons remorquer le *Cap Vert*. Mais après l'incident d'hier soir, les autorités policières ont de bonnes raisons de croire qu'une décision précipitée risquerait d'avoir des conséquences malheureuses. Pour minimiser les risques, nous devons faire preuve de la plus grande prudence. Des équipes hautement spécialisées sont prêtes à passer à l'action, dès que les conditions météorologiques s'amélioreront. Nous prendrons alors les mesures nécessaires pour nous assurer que le pétrolier soit remorqué sans danger, pour ses occupants et pour l'environnement.

« Aujourd'hui, après consultation avec la Sûreté du Québec et la Gendarmerie royale du Canada, j'ai demandé l'intervention de l'armée canadienne. Elle participera aux opérations de nettoyage et viendra en renfort à nos policiers qui assurent la sécurité des deux côtés du fleuve. Par ailleurs, la circulation maritime restera suspendue jusqu'à nouvel ordre.

«Quant aux actes criminels qui ont été commis, soyez certains que nous prendrons nos responsabilités, en collaboration avec la GRC, en tenant compte de nos lois et de nos ententes internationales. Les coupables seront arrêtés et jugés.

«L'opération de nettoyage est enclenchée. Je reconnais que nous avons tardé à réagir. Les riverains du Saint-Laurent ont toutes les raisons d'être mécontents. Mais je promets à tous ceux dont l'eau potable a été compromise que nous allons agir rapidement pour remédier à la situation.

«En terminant, je demande au premier ministre du Canada de prendre ses responsabilités et de décupler les moyens pour nettoyer le fleuve.

«Je lui demande aussi de s'assurer que les responsables des questions de sécurité soient les plus compétents qu'il pourra trouver, afin d'éviter une autre bavure comme celle d'hier soir.

«Je lui demande de se tenir debout devant les Américains, qui se préparent à intervenir de façon intempestive sur notre territoire. Je lui demande de procéder avec diligence. J'insiste pour rappeler le premier ministre Mesmer à ses devoirs. Les questions de sécurité sont importantes, et nous ne pouvons pas nous permettre de les négliger, mais nous ne devons pas non plus négliger de protéger notre fleuve. Je vous invite à méditer sur cette citation de Boucar Diouf :

"La force du Québec dans le Canada, c'est d'abord sa position géographique, qui lui donne un accès privilégié au Magtogoek, «le chemin qui marche», nom que les Algonquins avaient donné au fleuve Saint-Laurent. Si 97 % des Québécois vivent à l'intérieur de son bassin versant et 45 % en boivent l'eau, c'est parce que le Saint-Laurent coule dans nos veines."

«Je ne permettrai pas qu'on le détruise. Merci de votre attention. Bonne soirée.»

René Saint-Martin se lève, serre la main des techniciens, retourne dans son bureau et verrouille la porte derrière lui. Il glisse le concerto italien de Bach dans le lecteur et s'étend sur le sofa. En a-t-il trop mis ? Son intervention télévisée fera bondir Ottawa, qui la jugera déplacée, dans les circonstances. Est-il allé trop loin ? Non. Il est frustré de ne pas pouvoir donner l'heure juste à la population. Frustré par les demi-vérités et les cachotteries de la GRC et du gouvernement fédéral. Et voilà que les Américains entrent dans la danse, sous prétexte de tuer dans l'œuf une nouvelle métastase du terrorisme. Du terrorisme ? On ne sait même pas ce que veulent les occupants du navire. Pourquoi est-ce si compliqué de neutraliser quelques têtes fortes ?

Et si le *Cap Vert* vidait sa cargaison dans le fleuve ? Déjà, les écologistes à la petite semaine, les scientifiques et les médias hurlent à la catastrophe, anticipant le pire – non, l'appelant de tous leurs vœux ! Pour mieux réclamer sa tête, à lui, et faire tomber son gouvernement. Jamais René Saint-Martin ne s'était senti aussi seul, aussi impuissant. Il appelle son chauffeur.

— Roger, viens, on va à l'hôpital.

* * *

« Le premier ministre qui pourfend son vis-à-vis fédéral et s'en prend même aux Américains ! Et qui cite Boucar Diouf ! Tout n'est peut-être pas perdu. »

Amélie Breton n'en croit pas ses oreilles. Le premier ministre se tient debout ! À lire entre les lignes de son message, on comprend qu'il craint que dans l'ordre des priorités, la sécurité supplante l'environnement. Ce qui n'étonnerait pas la biologiste. L'environnement ne pèse pas lourd dans l'ADN des services de sécurité américain et canadien, toujours empressés de jouer les gros bras. Le ton du premier ministre et cet ultimatum lancé à ses partenaires convainquent Amélie qu'on ne parle plus de simples mutins et qu'il lui manque plusieurs morceaux du casse-tête. Elle s'étonne que le premier ministre ait ignoré le reportage de Marie-Lune sur le béluga.

* * *

Mais la journaliste n'est pas surprise. Le premier ministre a voulu éviter de donner de la crédibilité au reportage. «Il essaie de jouer les grands leaders et de s'élever au-dessus de la mêlée.»

— Marie-Lune, Mylène, Marc, dans mon bureau immédiatement, lance Robert Morin, le directeur de l'information de Radio-Canada.

Alors qu'elle franchit la porte, le portable personnel de Marie-Lune vibre. Secret, enfin!

— Un instant. Je reviens tout de suite, s'excuse-t-elle auprès de ses collègues, avant de courir s'enfermer dans le premier bureau inoccupé en composant le numéro confidentiel qu'elle seule connaît. Salut!

Son interlocuteur n'a pas de temps pour les politesses. Il est tendu et pressé.

— Je vais te donner l'heure juste. Sources fiables, comme toujours. Tu me le promets?

— T'ai-je jamais trahi?

— Non, mais la situation n'a jamais été aussi dangereuse.

— Fais-moi confiance.

— Le *Cap Vert* est parti de l'Algérie il y a huit jours avec 26 membres d'équipages à bord. Selon les informations fournies par le propriétaire et l'affréteur du pétrolier, les cadavres retrouvés sont ceux du capitaine, de son timonier et d'un ou deux autres officiers. Ils ont été exécutés et jetés par-dessus bord par les mutins avec les matelots retrouvés dans le fleuve ce matin. Quatre ont réussi à s'enfuir comme tu le sais. Qu'est-il advenu des autres? Trouverons-nous d'autres cadavres? Je n'en sais rien. Selon l'affréteur, sauf le pilote québécois, personne parmi l'équipage restant n'est en mesure de diriger le navire. Mais il y a encore des techniciens à bord responsables de le décharger, un conteneur à la fois. Il y en a six, qui contiennent chacun 133 000 barils de pétrole et dont au moins un a déjà été déversé dans le fleuve. S'ils décident de vider les cinq autres, ce sera la catastrophe. Personne ne sait ce que les terroristes exigent. Probablement un sauf-conduit pour retourner dans leur pays, mais ils n'ont encore rien revendiqué. Tout ce qu'on sait, c'est que c'est Washington et non plus Ottawa qui a le contrôle. Les Américains se sont installés au Château Frontenac, au sixième étage, chambre 677.

— T'as bien dit terroristes, t'en es certain ? demande Marie-Lune Beaupré.

— Je ne t'ai jamais induite en erreur.

— Est-ce que la cellule Sauvons le Saint-Laurent a des liens avec le *Cap Vert* ?

Secret hésite un instant.

— Bonne soirée.

— Pourquoi ne me réponds-tu pas ?

— J'ai une urgence. Salut !

Marie-Lune met du temps avant de refermer son téléphone. Où trouver une autre source pour confirmer de telles révélations ? Pourquoi Secret les lui a-t-il confiées ? Qu'est-ce qui le motive ? L'impuissance de son gouvernement ? La crainte d'un déversement qui détruirait le fleuve pour des décennies ? Le besoin de faire bouger les choses ? Si les Américains ont pris le contrôle, comment réagiront-ils à une fuite rapportée par le diffuseur public canadien ?

Ébranlée, Marie-Lune Beaupré retourne aussitôt dans le bureau du directeur de l'information.

— Est-ce que je peux te parler en privé ?

— Oui, bien sûr. Mylène, Marc, je vous revois dans cinq minutes. Maintenant, Marie-Lune, qu'est-ce qui se passe ? enchaîne son patron, quand les deux autres ont quitté la pièce. T'es blanche comme un drap. As-tu reçu une mauvaise nouvelle ? Est-ce au sujet de tes parents ?

— Non. Je viens de parler à ma source. Toujours la même. Voici ce qu'elle m'a raconté.

La journaliste relate par le menu détail la conversation qu'elle vient d'avoir. Le directeur de l'information ouvre de grands yeux ahuris.

— Baptême ! T'es absolument certaine qu'on te dit la vérité ?

— Oui. Presque toutes mes exclusivités proviennent de cet informateur.

— Et tu ne veux toujours pas me dire qui est cette personne ?

— Non.

— Ta source, c'est un haut fonctionnaire ?

— Non.

— C'est une femme ? T'en parles toujours au féminin.

— Tu perds ton temps.

— Bordel, Marie-Lune, notre code de déontologie exige que tu me dévoiles son identité et tu le sais très bien !

— Je ne te la dirai pas.

Robert Morin perd patience.

— Je te préviens, je vais devoir mettre le rédacteur en chef dans le coup et il va te dire la même chose que moi ! On ne va pas aller en ondes comme ça !

— Je te le dirai en temps et lieu.

— Et tu peux être certaine qu'il va nous sommer de faire preuve d'une extrême prudence dans toute cette affaire. Avant d'être journalistes, on est d'abord des citoyens. As-tu au moins une deuxième source pour confirmer ton information ?

— Je vais appeler le directeur des communications du premier ministre, mais je le connais assez pour savoir qu'il va me demander de m'asseoir sur la nouvelle, sinon il la démentira vigoureusement.

— J'appelle le rédacteur en chef.

— Non, attends un peu. Laisse-moi faire quelques appels. On décidera après. J'ai horreur de faire ça, mais je vais tenter de joindre à la maison un contact très proche du directeur de la Sûreté du Québec.

19 h 30

Les événements des deux derniers jours ont exacerbé l'inquiétude de la population. Le discours télévisé du premier ministre n'a pas rassuré ses concitoyens. L'impression très nette s'est installée que, face à une catastrophe sans précédent, personne ne sait quoi faire. Quant au superpétrolier et à sa dangereuse cargaison, l'ouragan qui s'abat sur l'est de la province semble avoir donné aux autorités une raison de plus de ne pas agir. Et si le superpétrolier devait chavirer, imaginent certains, en déversant la totalité du pétrole qu'il transporte dans le fleuve?

Depuis une demi-heure, malgré la pluie et les bourrasques, malgré la menace de couvre-feu et l'arrivée des renforts de l'armée, des manifestants continuent de converger vers l'Assemblée nationale. L'invitation a été lancée sur les médias sociaux en fin d'après-midi.

Le temps est venu de forcer les gouvernements à agir pour éviter un désastre. Eux qui n'ont jamais pris l'environnement au sérieux et qui aujourd'hui encore hésitent, blâmant les autres et la météo pour leur incurie. Soyons nombreux à exprimer notre colère, en particulier à nos dirigeants du Québec qui ont tailladé les restes d'un béluga dans le seul but de discréditer les écologistes. Honte à toi, René Saint-Martin!

Les verts anonymes

Malgré les vents violents et la pluie diluvienne qui balaient la Grande Allée, les manifestants affluent de partout. Les forces de l'ordre sont incapables de les disperser. «Sauvons notre Saint-Laurent!» hurle la foule, en s'inspirant de la cellule du même nom. Tous ressentent la même frustration à l'endroit des gouvernements, qui tardent à agir et s'en remettent aux Américains pour décider du sort de la population autant que de la survie du fleuve.

Vers 20 heures, ils sont des milliers devant le parlement. Quelques dizaines de contre-manifestants, les «Enverdeurs», se préparent à passer à l'action ainsi que les inévitables casseurs qui sont de toutes les manifestations. Vêtus de noir, le visage masqué, ils traînent dans leur besace qui des bâtons de baseball, qui des bâtons de golf, et même des couteaux de chasse. Certains provoquent les policiers, qui ne réagissent pas, en attendant l'arrivée de l'armée. Une première bombe lacrymogène sème la panique, mais n'a pas beaucoup d'effet en plein déluge. Pris d'une soudaine furie, des casseurs fracassent les vitres d'une auto-patrouille et y lancent des pièces pyrotechniques. Abasourdi, le policier qui se trouvait à l'intérieur a juste le temps d'en sortir. La situation dégénère. Policiers, casseurs et «enverdeurs» s'affrontent dans la confusion totale. Des projectiles volent dans tous les sens, aidés par le vent, et frappent les policiers qui donnent la charge, matraque au poing. Bien vite, un adolescent est blessé. Des parents bouleversés s'enfuient en le tirant par les bras. Les cris de la foule, le bruit des sirènes, tout se noie dans le rugissement du vent. Enfin, les renforts arrivent, et policiers et militaires encerclent les manifestants. Les arrestations commencent. Une échauffourée éclate près d'un fourgon de police. Dans la confusion, deux manifestants sont grièvement blessés. Il faut de longues minutes aux ambulanciers pour atteindre la scène de l'accident et prodiguer les premiers soins. Les blessés sont transportés à l'hôpital où on ne peut que constater leur décès.

Le premier ministre Saint-Martin éteint la télé. Il en a assez vu. Les manifestations lui puent au nez. Il rage contre les médias, qu'il juge ouvertement biaisés en faveur des écologistes. On l'accusait déjà de tous les maux. Voilà qu'on lui impute même la tempête! Il compose le numéro de son ami Paul Lévesque.

— Encore au bureau? Passe donc me voir avant de partir.

Le sous-ministre arrive cinq minutes plus tard.

— Qu'est-ce que tu fais ici à cette heure ?

— Je ne voulais pas être coincé parmi les manifestants, en pleine tempête. Espérons qu'elle va bientôt diminuer d'intensité. T'as pas l'air en forme ?

Le premier ministre a mauvaise mine. Il vient de recevoir le compte rendu de l'interrogatoire de nouveaux suspects par la Sûreté du Québec. Il le tend à Paul Lévesque qui le lit rapidement, sans réagir.

— Rien, moins que rien. La Sûreté n'a aucune piste. On tourne en rond.

— Ottawa et Washington s'en occupent, raille le sous-ministre. Pourquoi s'inquiéter ?

— Est-ce que j'ai perdu le contrôle par ma faute ? Est-ce que j'ai été trop faible ? demande-t-il à son vieil ami.

Le sous-ministre de l'Environnement a une moue de résignation.

— Tu n'as jamais eu le contrôle et tu ne l'auras pas avant la fin de la crise. C'est Ottawa qui décide tout et tu ne peux rien faire. Tu ne peux pas les empêcher d'agir comme ils l'entendent, pas plus que Robert Bourassa, s'il l'avait voulu, n'aurait pu empêcher Pierre Trudeau d'imposer la loi des mesures de guerre en 1970.

— Reste qu'en matière d'environnement, j'aurais pu en faire plus.

— Ça fait dix ans que je te le dis, mais t'as toujours pensé que les beaux grands discours rassurants suffisaient. Je t'ai fait plusieurs propositions et je ne sais combien de mises en garde, dont tu n'as jamais tenu compte. René, l'environnement se détériore à une vitesse alarmante. Le fleuve s'acidifie… Mais tu ne me crois pas. Quels que soient les avis des experts, tu préfères fermer les yeux. Ç'a toujours été ton choix, maintenant tu en subis les conséquences.

La main sur le menton, le premier ministre est désemparé. La rebuffade de son ami le déconcerte, lui qui espérait un peu d'empathie.

— Il y a la sécurité aussi. On n'est pas prêts pour ce genre d'événements. La Sûreté du Québec n'a rien vu venir. Les enquêtes n'avancent pas. Un inconnu glisse un communiqué menaçant sous la porte du premier ministre du Québec et on n'est même pas foutus d'en débusquer l'auteur.

Paul Lévesque en a assez entendu. Ce soir, il n'est pas d'humeur à écouter les jérémiades d'un politicien en mal de sympathie, même s'il est aussi son seul ami.

— Tu devrais aller te reposer, suggère-t-il. Ou mieux, va passer quelques moments auprès de Mireille. Moi, je vais dormir sur le sofa du bureau. Bonne nuit.

Radio-Canada, bulletin de 20 heures

Mesdames, messieurs, bonsoir. Au lieu de s'affaiblir, le gigantesque ouragan Angèle, qui vient de dévaster la ville de Boston, a repris de la force et menace maintenant la côte de la Gaspésie, où l'évacuation est en cours. C'est la première fois qu'un ouragan de cette ampleur, comparable à l'ouragan Katrina qui a ravagé la Nouvelle-Orléans en 2005, remonte aussi loin dans l'Atlantique Nord. L'ordre d'évacuation a été donné pour les municipalités riveraines les plus vulnérables. Des vagues de 12 à 15 mètres pourraient provoquer de graves inondations. La Sécurité publique, déjà très sollicitée par le déversement de pétrole, n'arrive plus à répondre à toutes les demandes d'aide.

Au moins 27 personnes ont perdu la vie à Boston, où des vents atteignant 200 km/h, selon le Centre national des ouragans des États-Unis, ont démoli des maisons, arraché des toits d'édifices commerciaux, abattu et déraciné de nombreux arbres, et causé de graves inondations. La ville entière est privée de courant et les dommages sont estimés à plusieurs milliards de dollars...

21 heures

À Québec, le fleurdelisé qui flotte sur l'édifice du parlement a été arraché par le vent. À quelques pas de l'Assemblée nationale, un gros érable déraciné gît en travers de la Grande Allée. Le parlement s'est transformé en forteresse. Y circuler est un cauchemar, tant les mesures de sécurité sont omniprésentes. Au-delà de la surveillance habituelle, la police est partout, à l'intérieur comme à l'extérieur de l'édifice. La nervosité des élus est palpable. «Sommes-nous menacés?» demande à répétition la chef de l'opposition. Chaque fois qu'il sort de son bureau, le premier ministre disparaît derrière les cinq colosses en uniforme qui sont chargés de le protéger. René Saint-Martin a beau s'impatienter, exiger qu'on lui rende sa liberté, les dirigeants de la Sûreté du Québec sont intraitables.

Quant aux ministres et à la chef de l'opposition, ils ont reçu l'ordre de ne jamais se déplacer seul. Fiona Bouchard voudrait que Paul Lévesque, son sous-ministre, soit aussi protégé, compte tenu du rôle important qu'il joue depuis le début de l'affaire, mais il refuse obstinément la présence d'un policier. «Personne ne me connaît. Qui voudrait s'en prendre à moi?»

Quand René Saint-Martin sort du parlement, ses gardes du corps redoublent de vigilance. Le visage impassible, les yeux balayant constamment les environs, on les sent tendus, prêts à brandir leur arme à tout moment et à s'en servir sans hésiter. La limousine du premier ministre démarre rapidement et s'engage dans une rue secondaire. À chaque trajet, le chauffeur emprunte un parcours différent, afin de déjouer un éventuel complot.

— Roger, attention! hurle le premier ministre.

Le chauffeur freine de toutes ses forces. Un homme vient de surgir devant eux et de lancer un sac de plastique rempli d'huile qui éclate et éclabousse le pare-brise de la voiture avant d'être emporté par le vent. Abasourdi, le chauffeur regarde tout autour et repart aussitôt, heurtant le trottoir et zigzaguant brièvement avant de recouvrer son sang-froid. Pendant ce temps, les agents de sécurité chargés de protéger le chef du gouvernement, qui se sont précipités hors des voitures d'accompagnement, ont poursuivi et appréhendé l'assaillant qui tentait de s'enfuir.

Ébranlé, le premier ministre se retourne vers l'individu, qui vocifère, le poing en l'air, avant d'être rudement menotté et poussé dans l'une des voitures de la Sûreté du Québec.

En arrivant chez lui, René Saint-Martin se sert un gin tonic et en offre un à son garde du corps, qui le refuse. Il se laisse tomber sur une chaise longue, tout en écoutant distraitement le policier qui parle au téléphone.

— Très bien, conclut ce dernier, en se tournant vers le premier ministre. L'individu a été arrêté et identifié. On vérifie s'il a des antécédents criminels. Il semble que ce soit un écologiste. Je vous promets qu'à partir de maintenant, nous allons faire deux fois plus attention.

Le premier ministre branle la tête de dépit à l'idée de perdre encore un peu plus d'autonomie.

— Comment a-t-il su que nous emprunterions ce trajet ? Qui l'a renseigné ? Combien de personnes sont au courant de nos déplacements ?

Le garde du corps est embêté. Il n'est pas dans le secret des dieux. Il ne fait qu'exécuter les ordres qu'on lui donne.

— Il faudrait demander à mon patron, finit-il par répondre.

On cogne à la porte. Le policier s'en approche nerveusement. Jean Lalonde et Fiona Bouchard, la ministre de l'Environnement, ont eu vent de l'incident impliquant le premier ministre. Ils sont inquiets.

— Vous avez l'air encore plus fatigué, monsieur le premier ministre, constate la ministre de l'Environnement.

— Oui, et ce qui vient de m'arriver n'a rien de reposant.

— Que s'est-il passé ?

Le premier ministre leur raconte l'incident. Fiona Bouchard s'impatiente.

— Nous devons exiger que le fédéral intervienne. Ça ne peut plus durer.

— Je suis d'accord avec toi, répond le premier ministre. J'en ai assez de ne pas savoir ce qui se passe. En même temps, je ne voudrais rien faire qui risquerait de compromettre un dénouement heureux. Je comprends leurs réticences. Si jamais le superpétrolier devait exploser, ce serait la fin pour nos deux gouvernements.

Le portable de Jean Lalonde sonne. Le chef de cabinet écoute attentivement son interlocuteur, puis referme l'appareil. Tous les regards sont braqués sur lui.

— L'individu arrêté a un dossier criminel. Il est activement impliqué dans le mouvement écologiste. Il y a un mois, les policiers l'ont intercepté tandis qu'il lançait des bombes fumigènes lors d'une manifestation contre le nouveau pipeline. La SQ pense qu'il pourrait les conduire aux auteurs de l'explosion du bateau de pêche ainsi qu'aux responsables des communiqués, dont celui qui était sous votre porte. Mais pour l'instant, le suspect refuse de parler.

— Joins-moi le directeur de la SQ, ordonne le premier ministre.

Cinq minutes plus tard, René Saint-Martin et Bernard Dupuis ont une brève conversation.

— Tu le fais parler, par n'importe quel moyen, tu m'as compris ? insiste le premier ministre. Et je ne veux pas savoir lequel !

— Bien compris, monsieur le premier ministre.

Radio-Canada, 22 heures

Mesdames, messieurs, bonsoir. Le premier ministre René Saint-Martin a été la cible d'un écologiste bien connu en soirée. Robert Spénard a lancé un gros sac de plastique rempli d'huile sur la voiture du chef du gouvernement. Mais d'abord, Marie-Lune Beaupré a obtenu de nouvelles informations :

« Selon des informations corroborées par deux sources fiables, le capitaine du Cap Vert, *son timonier et deux autres officiers sont au nombre des noyés retrouvés sur les berges du fleuve. Ce qui signifie que seul le pilote*

québécois, même s'il sert d'abord de guide, serait en mesure de conduire le navire. *Nos sources confirment aussi qu'un des six conteneurs du superpétrolier a été vidé, et ses 133 000 barils de pétrole déversés dans le fleuve, probablement pour alléger l'immense navire. Les autorités n'ont pas encore réussi à établir la communication avec ceux que l'on croit être des terroristes. L'interrogatoire des quatre évadés du Cap Vert devrait permettre d'en apprendre davantage. Quant aux Américains, bien installés au Château Frontenac, ils attendent impatiemment la fin de la tempête.*

— Et que sait-on, Marie-Lune, de l'incident impliquant le premier ministre Saint-Martin?

— Le porte-parole de la Sûreté du Québec confirme qu'un individu a surgi d'une ruelle et a lancé un sac rempli d'huile épaisse sur la limousine du premier ministre, dans le but de causer un accident qui aurait pu avoir des conséquences sérieuses. Le chauffeur a réussi à redresser le véhicule et à conduire le premier ministre en lieu sûr. L'assaillant, Robert Spénard, a aussitôt été appréhendé, mais il refuse obstinément de répondre aux questions des enquêteurs. Les autorités policières tentent de déterminer s'il fait partie de la mystérieuse cellule Sauvons le Saint-Laurent et s'il a été mêlé à l'explosion du bateau de pêche de Berthier-sur-Mer ainsi qu'aux menaces à l'endroit des premiers ministres québécois et canadien inscrites sur le flanc d'un béluga de L'Isle-aux-Grues. Selon une source policière, la SQ n'écarte pas cette hypothèse. Mais la question qui hante les policiers est la suivante: qui a informé Robert Spénard du trajet qu'emprunterait le convoi du premier ministre? Une enquête interne a été instituée à la Sûreté du Québec.

En fin de soirée, un interprète algérien arrive enfin au détachement de la GRC. L'enquêteur lui remet une longue liste de questions à poser aux marins. Il est ensuite conduit à la cellule des quatre rescapés.

— Assurez-les d'abord, dit l'enquêteur, qu'ils seront bien traités et qu'on les aidera à retourner dans leur pays s'ils collaborent avec la police.

L'interprète bavarde un peu avec les quatre marins, visiblement heureux de s'adresser à quelqu'un qui les comprend. Ils lui expliquent qu'ils sont originaires d'un petit village de la Kabylie dans le nord-est de l'Algérie. Ils parlent le djidjélien, un dialecte de l'arabe algérien.

L'enquêteur de la GRC interrompt l'interprète. Ex-policier français, spécialiste chevronné de la lutte antiterroriste, l'inspecteur Jean Proisy est un interrogateur réputé pour son intelligence, son discernement et son expérience, acquise en France, pays aux prises avec le terrorisme, sous une forme ou une autre, depuis longtemps.

— Ils sont de confession musulmane ?

Les quatre rescapés ont la même moue de défiance.

— Oui, mais ils détestent les islamistes. Leurs parents ont vécu les années sanglantes en Algérie, sous le gouvernement islamiste d'après l'indépendance.

— Comment se sont-ils retrouvés sur le navire ?

Les quatre Algériens, qui ont grandi ensemble, songeaient depuis longtemps à s'engager sur un grand navire, pour voir du pays et sortir de la pauvreté. L'un d'eux comprend et parle un peu l'arabe et l'anglais. C'est lui qui a convaincu le commandant du navire de les embaucher. Ils en sont à leur deuxième voyage.

— Pourquoi se sont-ils enfuis ?

Zinédine Boulifa, qui parle pour les trois autres, fait une longue pause. Ses comparses baissent la tête.

— Dès le départ d'Alger, finit-il par répondre par l'entremise de l'interprète, deux marins ont tenté d'endoctriner tout le monde, mais on n'a pas voulu être mêlés à ça. On n'était pas les seuls. Il y en a quand même une demi-douzaine qui se sont joints…

144

— Les deux meneurs, interrompt l'enquêteur, d'où viennent-ils ?

— Il dit qu'ils sont d'ici, traduit l'interprète, après avoir consulté Boulifa.

L'enquêteur semble momentanément stupéfait.

— D'ici... Il veut dire que ce sont des Québécois ?

— Oui, il y en a un qui s'appelle Cheb, c'est le chef du groupe, il est d'origine algérienne, et l'autre qui s'appelle Alain.

— D'origine algérienne... Tu veux dire comme toi ?

— Non, répond l'interprète. Il dit que ce Cheb a grandi au Canada et ne parle pas l'arabe.

— Et l'autre, cet «Alain», quel est son rôle dans tout ça ?

— Il ne sait pas, traduit l'interprète. Il soutient que cet Alain a presque une attitude de petit frère envers Cheb. Attends un peu, fait l'interprète à l'enquêteur, tandis que Boulifa poursuit son récit d'un ton précipité. Il dit que lorsque le pilote québécois est arrivé, il était l'otage de deux autres qui sont montés à bord du navire avec lui. C'est tout ce qu'il sait.

— Ces deux-là, ils étaient d'ici aussi ? Des Québécois ou des hommes de son pays ? Boulifa connaît leurs noms de famille ?

— Non. Mais d'après lui ils étaient d'ici, oui.

— Qu'est-ce qui s'est passé ensuite ?

Boulifa répond par la bouche de l'interprète. Il semble au bord des larmes.

— Un soir, le groupe a sorti des armes qu'ils avaient cachées et ils ont abattu le capitaine, le timonier et une dizaine d'autres marins. Pendant qu'ils enfermaient les autres dans les cales, lui et les trois autres se sont enfuis.

— Et le pilote québécois ? Est-ce qu'ils l'ont tué aussi ?

— Non, répond l'interprète, en faisant une pause pour écouter Boulifa. Du moins pas qu'il sache.

— Vous savez ce que Cheb et Alain ont en tête ?

— Non, mais ils se disputaient souvent entre eux et avec leurs nouveaux amis, toujours en français, de sorte qu'on ne comprenait pas de quoi ils parlaient.

Pendant de longues minutes, l'enquêteur, par l'entremise de l'interprète, poursuit méthodiquement son interrogatoire, pressant Boulifa de questions mais calmement, d'un ton conciliant, lui soutirant habilement les moindres détails sur Cheb, Alain et les deux autres, leur description physique, leur comportement, les armes en leur possession, ou n'importe quelle bribe d'information qu'il aurait pu comprendre ou déduire de leurs conversations. Explosif ? Zinédine ne connaît pas ce mot. Bombe ? Il ouvre de grands yeux apeurés. Il a entendu ce mot et se rappelle qu'un soir, Cheb s'est mis en colère et a fait un grand geste, les bras en l'air, en criant : boom !

L'enquêteur en a assez entendu. Il remercie l'interprète, explique aux quatre rescapés qu'ils sont maintenus en garde à vue, mais qu'ils seront bien traités, et va trouver son supérieur. À l'évidence, le coup était planifié. Que veulent ces quatre terroristes ? Sont-ce des pirates en mal de rançon ? Des disciples de Daesh ? Sont-ils à même de faire exploser le navire ?

TOP SECRET

Alvin Cook
NRS
Fort Meade, Maryland

To

Jim Rutherford
Canadian Security Intelligence Service
Ottawa, Canada

Hi Jim, I believe we have a major problem on the St-Lawrence river and I don't mean the hurricane. We should talk. I'll be in Quebec City late tonight. Can I see you first thing in the morning?

En début de soirée, Amélie s'est réfugiée chez Cyprien Lagrange avec Salicorne. Debout devant la fenêtre du deuxième étage qui donne sur le fleuve, ils contemplent, ahuris, la violence de la tempête qui s'abat sur le Saint-Laurent. Tantôt, la météo annonçait des vents de plus de 100 kilomètres à l'heure et des vagues d'une douzaine de mètres, qui à ce moment même fouettent les flancs du *Cap Vert* sans l'ébranler véritablement.

— Je ne peux pas croire, dit Amélie, que Robert Spénard s'en est pris au premier ministre. Cette espèce de poule mouillée qui ne prenait jamais d'initiative ? Et qui, dans toutes les manifestations, se sauvait dès que la police se pointait ? Voulez-vous bien me dire quelle mouche l'a piqué ?

— Tu le connais ? demande le vieil homme.

— Oui, mais je ne l'ai pas vu depuis la fin de l'université. Je ne vous cacherai pas que je suis fière de lui. C'est le plus brave. On a tous abandonné notre lutte pour l'environnement. On se contente d'élever la voix, de chialer, mais on ne fait plus rien. On est des pissous, comme disait Ferland. Des vrais pissous !

Cyprien Lagrange l'approuve d'un petit geste de la tête. Il renchérit :

— René Saint-Martin peut bien sermonner Allan Mesmer et citer Boucar Diouf, mais il ne trompe personne. Il se fiche de l'environnement, y a longtemps qu'on le sait. Dommage que ton ami n'ait pas mieux réussi son coup.

Salicorne saute sur les genoux d'Amélie.

— Quand je les entends, poursuit Cyprien Lagrange, à la radio et à la télé, dire que l'intervention de Saint-Martin a été l'une de ses meilleures, sinon LA meilleure depuis qu'il est en fonction, je n'en reviens pas ! C'est n'importe quoi !

Une violente rafale secoue la maison jusqu'à ses fondations. Le toit d'un garage voisin est emporté et va choir dans le champ.

Radio-Canada, bulletin spécial, 23 h 30

Bonsoir. Radio-Canada a appris que le gouvernement Saint-Martin songe à des mesures spectaculaires pour faire face à la crise qui secoue la province. Marie-Lune Beaupré, que pouvez-vous nous dire?

«Une source très fiable confirme que le gouvernement prévoit décréter l'état d'urgence, pour mieux faire face à la crise du Cap Vert et à l'immense tempête qui frappe l'est du Québec. De nouveaux contingents de l'armée canadienne sont arrivés en soirée et seront déployés autour de l'Assemblée nationale et en d'autres endroits stratégiques à Québec. D'autre part, le gouvernement imposera un couvre-feu pour décourager les manifestants, qui seraient tentés de récidiver. Enfin, rien n'a transpiré de l'interrogatoire des quatre fuyards du Cap Vert. Selon nos sources, ils collaborent pleinement avec la GRC. Ils seront détenus jusqu'à nouvel ordre.

Marie-Lune Beaupré à Québec. »

3 juin 2018

7 heures

Dwight Benson est fébrile. La télévision rejoue les images des manifestants dans la rue Saint-Jean qui ont hurlé jusqu'aux petites heures du matin. «*Idiots*», peste l'Américain à voix basse. La météo hostile ne va pas l'empêcher de planifier l'abordage du superpétrolier, même s'il va à l'encontre des membres les plus casse-cou du commando d'élite qui vient d'arriver des États-Unis et qui l'exhortent à la patience. Benson se verse une tasse de café en attendant l'arrivée des dirigeants de la GRC et de la SQ, de Bob Bartlett du Pentagone, de Jim Rutherford du Service canadien du renseignement de sécurité et d'Alvin Cook de l'Agence nationale de la sécurité, venu directement de Fort Meade au Maryland. Une réunion qui vise d'abord à embarrasser les Canadiens et à leur faire comprendre qu'ils ne font pas le poids.

Simon Heffner, le commissaire de la GRC, est le premier arrivé, suivi cinq minutes plus tard du directeur de la SQ et des deux Américains. Quand Jim Rutherford arrive enfin, Benson lui jette un regard de feu.

— *We have a goddamned problem,* dit-il d'entrée de jeu, d'un ton cinglant. Un pays ami a intercepté une conversation avant le départ du navire, entre deux des matelots qui sont à bord. Vous l'avez interceptée aussi ? lance-t-il à Jim Rutherford du SCRS.

— Non, nous découvrons le terrorisme écologique en même temps que tout le monde.

Le commissaire de la GRC les interrompt, visiblement agacé.

— Laissez-moi d'abord vous rendre compte de l'interrogatoire des quatre marins qui se sont enfuis du navire, dit Simon Heffner, qui leur explique en détail ce qui s'est passé sur le superpétrolier, mais sans tirer de conclusion.

— *It seems we know more than you do,* laisse tomber Dwight Benson, tournant le fer dans la plaie. *Alvin, could you tell us what we've learned up to now?*

— Selon l'analyse que nous avons faite de cette conversation, répond en français l'envoyé de l'Agence de la sécurité nationale des États-Unis, il s'agirait d'un groupe de terroristes dont l'affiliation n'est pas évidente, un groupe constitué récemment et dont la tête dirigeante serait à Québec. Les spécialistes essaient de reconstituer le fil des événements. L'homme dont ils ont intercepté la conversation est né en France, mais il a grandi au Québec avant de se rendre en Algérie et de se faire embaucher comme matelot. Selon l'affréteur du navire, deux d'entre eux ont un passeport canadien : Alain Laroche et Cheb Bekhti. À l'Université Laval, ils auraient établi des liens avec un petit groupe de Québécois, dont Fabien Robert, Jean Plourde et Robert Spénard, celui qui s'en est pris à votre premier ministre.

— Que savez-vous de leurs intentions ? demande Jim Rutherford, le directeur du SCRS, que ces nouvelles informations agacent au plus haut point. Comment se fait-il que ni la GRC, ni la SQ, ni les corps policiers des grandes villes du Québec n'aient jamais soupçonné l'existence de ces terroristes ?

— Ce n'est pas clair, mais tout indique qu'ils sont en mesure de causer d'énormes dégâts.

Dwight Benson se tourne vers le commissaire de la GRC.

— Vous ne les connaissez pas, je présume, pas plus que vous n'êtes au courant des activités d'un groupe terroriste sur votre territoire ?

Une fois de plus, le ton est méprisant.

— Au contraire, nos amis de la Sûreté du Québec ont interrogé Fabien Robert et Jean Plourde au sujet d'un présumé groupe de terroristes qui se nomme la cellule Sauvons le Saint-Laurent et qui a déjà diffusé trois communiqués, dont l'un pour revendiquer l'explosion d'un bateau de pêche, lundi. Les deux autres contiennent des menaces mal définies à l'endroit du gouvernement du Québec et de ses politiques énergétiques. Fabien Robert et Jean Plourde ont juré qu'ils ignorent tout de ce groupe.

— Vous ne prenez pas la cellule au sérieux ? lui lance Benson d'un air réprobateur.

— Pour l'instant, ça ressemble davantage à un groupe d'amateurs en mal d'attention. Nous n'avons aucune raison de croire que cette cellule soit liée aux terroristes du *Cap Vert*.

— Que savez-vous de Bekhti et de Laroche ? demande à son tour le représentant du Pentagone.

— Rien de très excitant. Ils ont tous deux milité dans des groupes écologistes, mais beaucoup moins au cours de la dernière année. Bekhti et Laroche ont quitté le Canada depuis un an. Ils ont déjà été arrêtés, par le passé, pour obstruction au travail des policiers, et Laroche a multiplié les plaintes de brutalité policière. Ils ont étudié à l'Université Laval. Fabien Robert est devenu biologiste pour le ministère de l'Environnement avant de perdre son emploi, il y a un an en raison de compressions budgétaires. Il vit avec une biologiste qui travaille pour le gouvernement à l'Anse-aux-Sarcelles. Jean Plourde est enseignant suppléant dans une école de la même municipalité.

— Vous ne vous êtes pas inquiétés quand Bekhti a quitté le Canada ?

— Nous avons vérifié, il n'a aucun lien avec les islamistes de Montréal. Il ne les fréquentait pas. On ne l'a jamais vu dans une mosquée. Il n'est pas radicalisé. Notre surveillance portait sur de bien plus gros poissons.

— C'est Fabien Robert qui serait l'âme dirigeante de ce groupe ? demande Benson.

— J'en doute, c'est un écologiste sans envergure, intervient le directeur de la SQ.

— Pourtant, d'après nos informations, il avait des liens avec les terroristes du *Cap Vert*, rétorque Benson. Et si Robert et Plourde étaient les deux hommes qui sont montés sur le navire aux Escoumins ?

Tant le dirigeant de la GRC que celui de la SQ haussent les épaules. L'hypothèse leur semble farfelue, mais ils promettent de la vérifier dès après la réunion.

— Pour en avoir le cœur net, je propose qu'on arrête Fabien Robert immédiatement, déclare l'Américain Alvin Cook, et qu'on prenne les grands moyens pour lui faire dire tout ce qu'il sait.

— De quoi l'accuserait-on ? s'étonne le directeur de la SQ.

Alvin Cook et Dwight Benson échangent un regard et lèvent les yeux au ciel.

— On a dépassé le stade des politesses, tranche le conseiller de l'ambassade américaine. Et pas seulement en ce qui concerne Fabien Robert, mais aussi pour ceux qui gravitent autour de lui. *His girlfriend as well.*

Les directeurs de la GRC et de la SQ sont de plus en plus excédés par la pugnacité des Américains. Bernard Dupuis ouvre son portable et envoie un texto. Alvin Cook, dont le ton posé masque la puissance de la National Security Agency et illustre bien la devise *Speak softly and carry a big stick*, reprend la parole.

— Environnement Canada prévoit une diminution de la vélocité des vents en début d'après-midi. Il faudra en profiter et passer à l'action rapidement. Nos forces spéciales se chargeront de l'opération, avec l'appui de la Garde côtière canadienne et de vos meilleurs hommes, ajoute-t-il en se tournant vers Simon Heffner.

Le commissaire de la GRC a du mal à contenir son indignation. De quel droit les Américains s'arrogent-ils le contrôle de l'opération ? Pourquoi son ministre de la Sécurité publique ne lui a-t-il rien dit ? Se peut-il que même lui n'en ait pas été informé ? Et le collègue du Service canadien du renseignement de sécurité, avec sa mine impassible, est-il de mèche avec eux ?

— Et si le pétrolier était bourré d'explosifs et que les terroristes ont planifié de le faire sauter s'ils sont coincés ? rétorque-t-il à l'Américain. On risquerait un cataclysme écologique sans précédent, avec des conséquences gravissimes pour notre population, pour des années à venir. Avez-vous oublié l'impact du désastre de l'*Exxon Valdez* sur les côtes de l'Alaska et de l'explosion de la plate-forme de forage Deepwater Horizon dans le golfe du Mexique, dont on n'a pas fini de nettoyer les dégâts après tant d'années ?

La tirade de Simon Heffner n'émeut pas les Américains. Alvin Cook pianote sur la table, télégraphiant à son homologue canadien le peu de poids qu'il accorde à ses préoccupations environnementales.

— Notre priorité, rappelle ce dernier, est la sécurité de nos deux pays. Il faut tuer dans l'œuf cette nouvelle forme de terrorisme. Le message doit être clair : nous ne céderons pas aux terroristes et ils ne sortiront pas vivants de l'aventure.

— Nous agirons rapidement, déclare Dwight Benson d'un ton péremptoire. On se revoit plus tard pour faire le point. Merci.

Radio-Canada, bulletin de 8 heures

Mesdames, messieurs, bonjour. Radio-Canada a appris que des Québécois, d'anciens étudiants de l'Université Laval, seraient au nombre des terroristes à bord du Cap Vert. *Marie-Lune Beaupré, est-ce qu'on connaît leur identité ?*

« Selon des sources fiables, l'identité de deux d'entre eux est maintenant connue. Il s'agit d'Alain Laroche, un diplômé en biologie de l'Université Laval, et de Cheb Bekhti, qui n'a pas terminé ses études universitaires. Ils ont quitté la province il y a un an pour se rendre en Turquie. Avant de partir, ils ont été très impliqués dans plusieurs manifestations pro-environnement. Selon notre source, les deux Québécois sont les auteurs de l'arraisonnement du Cap Vert avec l'aide d'une demi-douzaine de matelots et de deux autres complices québécois qui auraient joint le navire en même temps que le pilote québécois, après l'avoir pris en otage aux Escoumins. Selon la même source, aucune demande n'a encore été formulée par les terroristes qui sont lourdement armés et possèdent des explosifs, selon le témoignage des quatre matelots rescapés du Cap Vert. Les porte-parole officiels refusent de commenter. On sait toutefois qu'une nouvelle opération d'abordage du superpétrolier sera tentée, à condition que la météo le permette.

Marie-Lune Beaupré à Québec. »

En entendant la nouvelle, Amélie sursaute. Alain Laroche et Cheb Bekhti, des terroristes? Après Robert Spénard! Elle ne reconnaît plus ses anciens camarades.

— Tu connais les deux dont elle a parlé? demande Cyprien Lagrange qui vient d'arriver.

— Oui. Dans le cas de Cheb, ça ne m'étonne pas *vraiment*, suppute-t-elle d'une voix incertaine. Je n'ai jamais aimé ce gars-là. Frustré, instable. Tu ne pouvais pas lui faire confiance. Mais Alain? Si c'est vrai, c'est sûr que c'est Cheb qui l'a entraîné. C'était son idole. Depuis l'enfance. Ils ont grandi ensemble, dans la même rue. Alain faisait tout ce que Cheb lui disait. Un vrai suiveux.

Elle s'interrompt, le visage crispé comme si une évidence venait de lui sauter aux yeux.

154

— J'ai un très mauvais pressentiment, dit-elle à Cyprien Lagrange. Si Fabien et Jean, qu'on n'a pas vus depuis trois jours, étaient à bord du *Cap Vert* ?

Cyprien Lagrange détourne la tête. Il repense à sa dernière rencontre avec les deux hommes. Doit-il tout raconter à Amélie ?

— Ils sont venus me voir, il y a cinq jours. Ils voulaient savoir si mon bateau était encore en bon état.

— Vous parlez de la barque qu'on a empruntée pour s'approcher du poisson-lune ?

— Non, non, j'ai un vrai bateau de pêche. Un gros.

Le bateau est remisé dans la grange depuis deux ans. Le vieil homme songe à le vendre, mais ne s'y résigne pas. Ce bateau de pêche a pour lui une valeur sentimentale trop importante. Est-il encore étanche et apte à prendre le large ?

— Vous avez vérifié s'il était toujours là ?

Le vieillard passe la main dans ses cheveux, se lève et s'approche de la fenêtre. Les grands peupliers courbent l'échine, secoués par la tempête. Il est songeur.

— J'ai l'impression que vous me cachez quelque chose, dit Amélie.

Cyprien Lagrange se tourne vers elle.

— Ils ont emprunté le bateau pour aller aux Escoumins, mais ils n'ont pas voulu me dire ce qu'ils comptaient y faire. Je comprends mieux maintenant.

Amélie est bouleversée. Elle est à présent certaine qu'ils ont rejoint Cheb et Alain sur le superpétrolier, à moins qu'ils n'aient péri dans l'aventure. De toute évidence, c'est Jean qui a entraîné Fabien dans cette expédition dangereuse. L'idée était grisante. Se faire hara-kiri pour envoyer un message aux politiciens qui n'ont jamais rien fait pour protéger le fleuve et qui aujourd'hui mettent en danger la population elle-même. Le coup d'éclat dont tout le monde parlerait ! N'empêche que ces fous furieux ont tué des personnes ! se désole-t-elle. Elle en veut terriblement à Fabien de l'avoir trompée de la sorte. Depuis combien de temps mijotait-il cette folie? Aurait-il renoncé à ce projet stupide si elle ne l'avait pas rejeté?

— Ils ne vous ont absolument rien dit de leurs projets? reprend Amélie.

— Non, je les ai conduits à la grange. Ils ont examiné le bateau, qu'ils voulaient peinturer en noir sans me dire pourquoi, mais j'ai refusé.

Son bateau, peint d'un vert criard, Cyprien Lagrange l'a baptisé l'*Elfrida*, du nom de sa mère.

— Le moteur est presque neuf, mais comme je ne l'ai pas utilisé depuis deux ans, je leur ai suggéré de le vérifier comme il faut avant de s'en servir.

— Et ils l'ont mis à l'eau immédiatement.

— Non, ils l'ont attaché à une remorque et ils ont probablement pris la mer plus loin, probablement de nuit, pour ne pas éveiller les soupçons.

Cyprien Lagrange secoue la tête de dépit.

— J'ai pensé à t'en parler. J'aurais dû le faire. Veux-tu que j'aille vérifier s'ils ont abandonné la voiture et la remorque quelque part le long du fleuve?

— Non, attendons un peu que le vent diminue, suggère Amélie.

1ᵉʳ juin 2018

En débarquant aux Escoumins, la veille, Fabien et Jean ont abandonné le bateau de Cyprien Lagrange et se sont réfugiés dans un motel pour attendre l'arrivée du *Cap Vert*. La traversée du fleuve a été pénible. De fortes vagues soulevaient le bateau, l'obligeant à dévier de sa route et menaçant de précipiter ses occupants à l'eau. À quelques reprises, Fabien a dû rassurer Jean. «J'ai déjà navigué dans de pires conditions.»

Au matin, les deux hommes revoient leur plan d'action. Une demi-heure avant l'arrivée prévue du superpétrolier, ils entrent dans la station de la Corporation des pilotes du Bas-Saint-Laurent, carabine de chasse en main, et ordonnent au pilote et au conducteur de la pilotine de se coucher par terre. Pendant que Jean les tient en joue, Fabien fait le tour de la station pour s'assurer que personne d'autre n'y est. Puis ils ligotent le pilote et somment le conducteur de la pilotine de les transporter jusqu'au *Cap Vert*.

Arrivés au flanc du superpétrolier, Fabien et Jean s'interrogent du regard. Que faire du conducteur de la pilotine ? Le tuer ? L'idée leur répugne. «On tue le moins possible d'innocents», a dit Mentor.

— Prends les clés, lance les rames de secours à l'eau, mets la radio hors d'état de nuire et larguons-le à la dérive. Son bateau est solide, il finira bien par arriver quelque part. Avant qu'il puisse alerter la police, nous serons loin, murmure Fabien à son ami.

Ils ordonnent au pilote de grimper à l'échelle de cordage abaissée sur le flanc du pétrolier, manœuvre périlleuse en raison des flots tumultueux, bien que le navire est bas sur l'eau en raison de son chargement maximal.

Quand le pilote atteint le pont, Jean grimpe à l'échelle après Fabien, tout en jetant des regards inquiets à la pilotine qui tangue dangereusement, emportée par les vagues.

Accueillis par Alain à bras ouverts, Fabien et Jean aperçoivent un cadavre étendu sur le pont à quelques mètres d'eux.

— Tout se passe bien ? hurle Fabien pour couvrir le bruit du vent.

— Tout va comme prévu, crie Cheb, en sortant de l'ombre où il se tient en retrait. Notre ami a paniqué. Il a fallu lui faire comprendre qu'il était trop tard pour reculer.

Cheb dépose son arme, tire le cadavre par les pieds et, faisant signe à Alain de l'aider, le jete par-dessus bord. Fabien le regarde faire, bouche bée, les yeux exorbités. Son cœur se serre, retenant l'envie d'en découdre avec cet assassin, qui non seulement est armé, mais n'a plus rien de commun avec le Cheb qu'il a connu.

Ils enferment le pilote dans une petite salle et se mettent à l'abri de la tempête à l'intérieur du navire.

— Le plan tient toujours ? demande Jean d'une voix blanche.

— Oui, on va forcer le pilote à prendre le gouvernail dès que la marée sera haute.

— Où est le reste de l'équipage ?

— Le capitaine et ses assistants sont enfermés dans une chambre près des cales. On a neutralisé les autres, tranche froidement Cheb, sauf quatre qu'on a isolés dans une petite pièce et qui savent comment décharger les conteneurs, si c'est ce qu'on décide de faire.

— Vous croyez toujours que c'est une bonne idée ? plaide Fabien.

Cheb le dévisage d'un air menaçant et, ramassant son arme qu'il a déposée momentanément, le met en joue, presque nonchalamment.

— Qu'on se livre ou pas, dit-il, en faisant mine de viser, on va mourir de toute façon. Le plan ne changera pas, avec ou sans toi. Mentor est catégorique. Quoi qu'il advienne, nous devons aller jusqu'au bout. Et on ne va pas le décevoir. Tu suis ou tu meurs tout de suite.

* * *

Trois jours plus tôt, un poudroiement d'étoiles embrase le ciel au-dessus de l'Atlantique. Une grosse lune argentée caresse le dos du fleuve de son reflet frissonnant.

Sur le pont du *Cap Vert*, l'équipage se dégourdit. Certains matelots mangent des fruits, d'autres fument, par petits groupes, selon la langue ou la religion. Cheb et Alain réussissent à embrigader une demi-douzaine de marins, dont trois Maliens, deux Marocains et un Libanais, en exploitant leur ignorance et leur naïveté. «Une fois qu'on sera proches du but, on exigera une énorme rançon et un sauf-conduit vers un pays ami, a promis Cheb. Vous serez riches et libres.» Ce soir-là, le discours de Cheb contre le capitalisme et la corruption des dirigeants de la planète, «des profiteurs, des exploiteurs», impressionne beaucoup ses nouveaux amis.

— Les riches sont de plus en plus riches et les pauvres, de plus en plus pauvres. Rien ne change, et rien ne va changer, prédit Cheb Bekhti. Mon grand-père était un Harki – un *indigène*, comme disaient les Français. Pauvre colonisé, à quoi ça lui a servi de se battre contre les siens pour défendre le régime colonial en Algérie? À l'Indépendance, il a fui en France, où, pour le remercier de ses services, on l'a parqué dans un bidonville, laissé crever de faim et traité comme un chien. En France aujourd'hui, les types comme lui et leurs descendants croupissent dans les cités, et on s'étonne qu'y en ait qui veulent tout faire sauter!

Il cesse de parler, le visage crispé par la colère.

Parti d'Alger il y a une semaine, le navire-citerne se dirige vers la raffinerie de Lévis avec sa cargaison de pétrole algérien. Pour Cheb et Alain, c'est un premier retour au Canada depuis qu'ils ont quitté le Québec pour la Turquie, il y a un an. De là, ils comptaient se rendre en Irak et rejoindre le groupe État islamique, mais Mentor le leur a interdit, par message codé qui disait : «Trop dangereux. Concentrez-vous sur NOTRE mission.» Ils ont passé les neuf premiers mois à Istanbul et les trois derniers à Alger.

Grâce à leur passeport canadien et à un bon contact, ils n'ont eu aucune difficulté à se faire engager comme matelots, malgré leur manque d'expérience. Un complice, responsable du chargement du *Cap Vert*, a dissimulé pour eux des armes automatiques, des munitions et de quoi fabriquer des bombes au plastic à bord du navire.

Les trois premiers jours, Alain souffre du mal de mer. Il vomit sans arrêt. Le capitaine lui a donné congé, le temps qu'il se rétablisse. Cheb est forcé d'envisager une mission en solitaire, mais Alain recouvre ses moyens à temps pour l'arrivée dans les eaux canadiennes.

— Tu crois que la cellule Sauvons le Saint-Laurent existe toujours ? demande Alain à Cheb, en voyant la côte se profiler à l'horizon.

— Non seulement elle existe, lui répond Cheb, mais Mentor dit qu'elle prépare un coup d'éclat auquel lui-même va participer. Il promet que Fabien et Jean seront au rendez-vous, aux Escoumins.

— Ça te fait quoi, de rentrer au Québec ?

Cheb hausse les épaules. Athlétique, avec une barbichette aux poils clairsemés, la peau criblée de taches de rousseur, il rêvait de jouer au basketball pour un grand club américain. Quand il a été rejeté par l'équipe de l'Université Laval, il a mis fin à ses études en sciences de l'environnement. Retourner au Québec ? Retrouver la même coterie d'écologistes mous, qui se contentent de parler au lieu d'agir et qui dépensent leur énergie en manifestations dont le gouvernement se moque éperdument ? Retourner dans une ville où il n'y a aucune perspective d'emploi? Vivre dans la rue, un chèque de bien-être social à la fois? Non, merci.

— Je ne vivrai plus jamais au Québec et toi non plus.

Alain sent un frisson lui courir dans le dos. Trapu, les cheveux blonds frisés, il se ramasse en petit bonhomme, en serrant ses genoux entre ses bras courts. Il fixe longuement son ami.

— C'est pour l'islam que tu fais ça?

Cheb lui répond par un rire dédaigneux.

— J'en ai rien à foutre de l'islam et de la bande d'illuminés qui s'en réclament, mais j'ai plein d'admiration pour le groupe État islamique et les autres qui se battent contre les colonisateurs. Ils me font marrer quand ils accusent les autres de massacrer des civils. Et tous les innocents, les femmes et les enfants, que les Américains, les Britanniques, les Français, les Canadiens ont massacrés sans merci, en Irak, en Afghanistan, en Libye, en Syrie? Leurs bombes mettent le monde à feu et à sang, et ils se demandent pourquoi ils sont haïs! Toi et moi, Alain, on n'a plus aucune raison de vivre. On est nés à la mauvaise époque. Ça sert à rien de rêver d'un monde meilleur. Ça sert à rien de se battre pour sauver l'environnement. L'espèce humaine est foutue. La bataille est perdue. Mais les coupables, il faut qu'ils le payent! Et crois-moi, ils vont payer. Y a rien qu'ça qu'ils comprennent.

Tout en parlant, Cheb observe Alain attentivement. Il donne des signes de branler dans le manche. Peut-on encore lui faire confiance?

— Aussitôt que Fabien et Jean seront arrivés, on passe à l'attaque.

Alain garde le silence.

— Et les autres, on ne va pas les tuer, quand même?

— T'as une meilleure idée?

Alain se gratte la tête. Il est nerveux. Il aurait dû se méfier. Cheb a changé depuis leurs années de collège. Il s'est durci. Et cet homme qu'il appelle Mentor, ce type aigri qui cherche à se venger de Dieu sait qui : ce n'est pas lui qui va mourir si le bateau explose. Mais il n'explosera pas. Cheb n'est pas assez fou pour... Et s'il l'était ? Par moments, Alain a l'impression de ne plus le connaître. L'idée de la mort l'effraie. Pourquoi s'est-il lancé dans cette opération suicidaire ?

Dans la soirée, à marée haute, Cheb donne le signal du départ.

— Voici vos armes, dit-il à Jean, Fabien et Alain, en tendant à chacun un pistolet-mitrailleur. N'hésitez pas à vous en servir s'il le faut.

Cheb ordonne au pilote québécois de s'installer aux commandes du superpétrolier et de le remettre en route.

— Si tu restes bien tranquille et fais ce qu'on te dit, il ne t'arrivera rien.

Jean-Paul Plouffe est sidéré. Jamais il n'aurait imaginé tomber aux mains de terroristes. Costaud, les cheveux coupés court, des yeux vifs, il ne ferait qu'une bouchée de ces hurluberlus, s'il parvenait à les désarmer. La priorité maintenant est de garder son sang-froid. Ne pas jouer au héros avant de savoir si tout l'équipage est solidaire. Attendre le moment propice.

— Voilà où on va, lui indique Cheb. Allez, démarre !

— Je ne conduis pas les navires. Mon rôle est de guider les pilotes étrangers.

— Pas cette fois-ci. Fais ce que je te dis !

— Qu'est-ce que vous voulez exactement ?

— Ta gueule ! Démarre le bateau !

Cheb lui enfonce son index dans le creux de l'épaule.

— Si tu tentes quoi que ce soit, je fais tout sauter. On a mis des explosifs partout à bord. Alors si on saute, tu vas sauter avec. Compris ?

Jean-Paul Plouffe acquiesce de la tête et prend les commandes du superpétrolier. Quand des voix se font entendre dans le système de communication, Cheb lui ordonne de l'éteindre.

162

— On n'ira pas loin, la marée est encore trop basse, prévient le pilote. Un navire de cette taille a besoin du maximum de tirant d'eau pour ne pas toucher le fond du fleuve.

— Ta gueule! T'arrêteras quand je te dirai.

Le vent qui se lève n'a que peu d'emprise sur l'immense vaisseau. Jean-Paul Plouffe n'a jamais piloté un tel mastodonte. Il sait qu'il file tout droit vers la catastrophe, mais comment convaincre ces fous furieux de renoncer à leur projet? Il est évident qu'ils n'ont aucune notion des dangers du Saint-Laurent, l'une des voies navigables les plus redoutables au monde en raison des courants contraires, des hauts-fonds et des marées souvent imprévisibles.

— Il faut se rapprocher, ordonne Cheb Bekhti. On est trop loin de la rive.

L'Anse-aux-Sarcelles? s'étonne Jean-Paul Plouffe. Jamais en quinze ans de navigation il ne s'est arrêté en cet endroit. Il consulte la carte du fleuve épinglée devant le poste de pilotage et secoue furieusement la tête.

— C'est impossible, je n'ai pas assez de fond.

— Fais ce que je te dis! hurle Cheb en lui pointant son arme sur la tempe.

Quand le *Cap Vert* s'immobilise brutalement, le pilote se tourne vers son ravisseur et hausse les épaules d'un geste d'impuissance.

— Je ne peux plus avancer. Je viens de toucher le fond.

Cheb et Alain l'empoignent par les bras, le poussent dans une petite salle attenante à la cabine et l'y enferment à double tour. Les deux hommes et leurs six complices se dirigent alors vers la cale, où sont séquestrés les marins responsables de vider les contenants du navire. Cheb leur ordonne de descendre dans la soute et de vider l'un des conteneurs dans le fleuve, dans le but d'alléger le superpétrolier et de le remettre à flot. L'opération est compliquée et risque de déstabiliser l'immense navire, mais Cheb n'en a cure. Il faudra deux heures pour larguer 135 000 gallons de pétrole.

Pendant ce temps, Cheb, de plus en plus imprévisible, se tourne vers Alain et lui commande : «Surveille les prisonniers. Je descends dans la cale. » Il s'élance aussitôt, l'arme au poing. Un bruit sourd de rafale de mitraillette parvient aux oreilles d'Alain. Plus tard Cheb remonte, suivi de ses complices parmi les matelots, portant des cadavres. Quand la sale besogne est finie, Alain compte quatorze membres d'équipage froidement abattus, dont le pilote et son timonier. Lorsqu'ils sont tous remontés sur le pont, Cheb ordonne qu'on les jette par-dessus bord. Quatre autres tentent de sauver leur peau en sautant du haut du pont.

— Laissez-les aller, tranche Cheb, je ne donne pas cher de leurs chances de survie.

3 juin 2018

9 heures

Amélie n'en peut plus d'attendre que le vent se calme. Déterminée à en avoir le cœur net, elle décide de se rendre chez Jean, en espérant y trouver les deux hommes. «Quels imbéciles! Faut-il être niaiseux!» se désole-t-elle.

Elle ouvre la porte à Salicorne qui refuse de sortir, referme la boîte des canards et enfourche sa bicyclette. Le vent souffle à écorner les bœufs, la pluie tombe dru. La tempête n'est pas près de s'apaiser. Quand elle arrive à la maison, elle constate que la voiture de Jean n'est pas dans le stationnement. Elle frappe plusieurs fois, puis cogne à la porte de toutes ses forces. Peine perdue. Elle rentre chez elle et trouve Cyprien Lagrange sur le pas de sa porte.

— Ils ne sont pas là? lui demande-t-il.

— Non, mais je connais le chemin de halage que Jean et Fabien avaient l'habitude d'emprunter, quand ils allaient observer les canards. C'est à un kilomètre d'ici. Je vais vérifier si l'auto et la remorque n'y sont pas.

Debout sur les pédales, elle avance prudemment dans la route rocailleuse, noyée par la pluie. Au détour d'un bouquet de sapins, elle aperçoit la voiture de Jean et la remorque, mais le bateau manque à l'appel. «Maudits cons!» peste-t-elle. Elle jette un coup d'œil à l'intérieur de l'auto, ouvre la portière dans l'espoir de trouver un message, mais non, rien. Elle revient aussitôt vers Cyprien Lagrange, complètement dépitée, et lui relate ce qu'elle a découvert. Le vieil homme secoue la tête d'incompréhension. Que faire maintenant ? Alerter les policiers ? Il pourrait toujours mentir et dire qu'ils ont pris le bateau sans l'avertir. Ou avouer la vérité. Leur expliquer que les deux hommes sont des amis et qu'il n'avait aucune raison de ne pas leur prêter l'embarcation.

— Est-ce qu'on pourrait m'accuser de complicité ? demande-t-il à Amélie.

— C'est pas de votre faute.

L'un et l'autre se retranchent dans un lourd silence, coupé par le caquètement des canetons, les pleurs de Surprenant et la colère du vent. Cyprien Lagrange parle le premier.

— Pourquoi ont-ils fait ça ?

Amélie aimerait bien le savoir. Jean a toujours été casse-cou, téméraire, mais Fabien l'empêchait habituellement d'aller trop loin. Comment Jean a-t-il réussi à le convaincre de se lancer dans une opération aussi dangereuse ?

— Vous avez un mauvais pressentiment ?

Cyprien Lagrange répond par de petits coups de tête affirmatifs. Amélie est rongée d'émotions contradictoires. Elle s'en veut d'avoir été bernée par Fabien qui, pendant qu'il préparait son coup d'éclat, prétendait encore l'aimer. Elle lui en veut terriblement, mais se surprend à être fière de lui malgré tout, à souhaiter qu'il soit retrouvé vivant.

* * *

Ce matin, Québec est une ville en état de siège. Des milliers de soldats ont été déployés autour de l'Assemblée nationale et aux endroits stratégiques, incluant les deux ponts qui relient la ville à la rive sud. La Sûreté du Québec demande aux citoyens de se déplacer le moins possible. Des renforts ont été envoyés à l'Anse-aux-Sarcelles. Une dizaine de militaires protègent la raffinerie de Lévis. Dans les rues de la vieille capitale, les plus âgés se rappellent les jours sombres de la crise d'octobre de 1970.

— Le premier ministre du Canada veut vous parler, annonce Adèle en entrant dans le bureau de René Saint-Martin.

— À 9 heures et demie du matin, il fait des progrès!

Le chef du gouvernement québécois attend cet appel depuis que le directeur de la SQ lui a raconté en détail le contenu de la réunion à laquelle il a participé avec les Canadiens et les Américains.

— Monsieur le premier ministre, bonjour! lance René Saint-Martin dans le récepteur.

— Je pense que nous avons un problème majeur, déclare le chef du gouvernement canadien. Des terroristes se sont emparés du *Cap Vert*, des terroristes québécois.

— Je sais, répond sèchement le premier ministre du Québec. On m'en a informé hier soir. La Sûreté du Québec est déjà sur le coup. Ce qui m'inquiète davantage, c'est l'attitude des Américains. J'espère que vous n'allez pas les laisser jouer aux cowboys avec notre fleuve.

Allan Mesmer hésite un instant.

— Je ne permettrai pas aux Américains de prendre le contrôle. S'il y a une opération avant la fin de la journée, elle sera menée par nous. La sécurité est importante. On ne doit jamais se montrer faible face aux terroristes. Mais je suis sûr qu'on peut gérer cette crise sans que les Américains tirent toutes les ficelles. Je viens d'envoyer une note au président des États-Unis, concernant la réunion du Château Frontenac. Je lui ai dit oui pour la collaboration, oui pour le partage des informations et oui pour accepter l'aide de leurs spécialistes, mais j'ai exigé que nous gardions la maîtrise des opérations.

René Saint-Martin n'est qu'à moitié rassuré. Même si l'environnement n'a jamais été une préoccupation primordiale du premier ministre canadien, il refuse de croire que celui-ci autoriserait une intervention qui risquerait de détruire le fleuve.

— Savons-nous ce que les terroristes ont en tête? demande René Saint-Martin. Est-ce qu'ils ont formulé des revendications?

Allan Mesmer met du temps avant de répondre. Le premier ministre du Québec s'attend au pire.

— Selon les conversations interceptées par les pays amis des Américains, ils veulent faire sauter le navire. C'est une opération kamikaze. Ils sont tous prêts à mourir.

— Baptême! laisse échapper René Saint-Martin.

Le chef du gouvernement québécois respire lourdement. Il sent son cœur battre à toute vitesse. Sa tête est pleine d'images catastrophiques. Et au-delà du drame, il entrevoit déjà la fin de son gouvernement. La déchéance personnelle, assortie de la mort de sa femme bien-aimée. Le jugement de l'Histoire.

— T'es pas sérieux? Les Américains en sont certains?

— C'est la raison pour laquelle ils veulent intervenir sans plus attendre et sans ménagement. Toujours selon les services de renseignement américains, ces Québécois feraient partie d'un réseau plus large qui planifierait d'autres actes terroristes reliés à l'environnement. Il semble qu'ils soient dirigés par un mystérieux «Mentor» – c'est le nom qu'ils lui donnent –, mais ni nous, ni les Américains, ni personne ne sommes parvenus à l'identifier. C'est probablement ce groupe qui est responsable des communiqués qui ont été publiés ces jours derniers et de l'inscription, comprenant ton nom et le mien, que l'un d'eux a taillée sur le ventre d'un béluga.

«La cellule Sauvons le Saint-Laurent, se dit René Saint-Martin. C'est donc plus grave que je ne pensais. Et la SQ qui tourne en rond!»

— J'ai demandé à la GRC et au SCRS d'assumer le contrôle de toutes les opérations, poursuit le premier ministre canadien. La sécurité nationale relève de nous.

— Mais la Sûreté du Québec est sur le point d'effectuer des arrestations…

Allan Mesmer l'interrompt aussitôt.

— Vous avez été trop indulgents envers les écologistes, au Québec, tranche le chef du gouvernement fédéral, en changeant subitement de ton. Vous vous êtes laissés mener par le bout du nez. Chaque fois qu'une entreprise vous propose un projet intéressant, ces fanatiques s'y opposent et vous reculez. Et par-dessus le marché, non contents de tout bloquer, voilà qu'ils ont recours à des actes terroristes. Le pipeline a été approuvé en bonne et due forme et il va être construit, au Québec comme ailleurs, n'en déplaise à ta frange extrémiste, tiens-le-toi pour dit. J'enverrai l'armée le construire, s'il le faut.

René Saint-Martin en a assez entendu.

— Écoute, Allan, c'est pas parce que la population de ma province n'a pas voté pour toi que tu peux te moquer d'elle. On n'en veut pas de ton maudit pipeline ! se surprend-il à dire. Tu devrais plutôt te mettre à la page avec le reste du monde. Comme moi. Et laisse-nous la sainte paix avec ton maudit pétrole !

Radio-Canada, bulletin de 10 heures

Bonjour. Radio-Canada a appris que c'est un commando canadien qui abordera le Cap Vert *au moment propice. Le gouvernement du Canada refuse de céder le contrôle de l'opération aux Américains. Marie-Lune Beaupré, que se passe-t-il ?*

« Au cours d'un entretien téléphonique, les premiers ministres René Saint-Martin et Allan Mesmer ont convenu de ne pas plier devant les Américains. Le premier ministre du Canada en a informé le président des États-Unis dans la soirée. Mais selon une source fiable, Washington n'en démord pas, signe de la très grande inquiétude suscitée chez nos voisins par l'échec de la tentative d'abordage héliporté par la GRC. Les deux capitales se sont engagées dans un véritable bras de fer. Selon nos sources, le commando américain serait toujours à Québec, de même qu'un diplomate américain en poste à Ottawa ainsi que des représentants de la CIA et de la NSA. Toujours selon nos sources, ceux-ci acceptent très mal d'être tenus à l'écart. Quand aura lieu l'intervention ? Le Canada

promet d'agir seulement lorsque le temps le permettra et que la réussite de l'opération sera assurée. De leur côté, les Américains souhaiteraient intervenir dès maintenant, la tempête perdant lentement de son intensité.

Marie-Lune Beaupré à Québec. »

Vers 10 heures, un groupe de marcheurs intrépides de Forestville aperçoivent deux bateaux de pêche coincés sens dessus dessous dans les escarpements du Saint-Laurent, rudoyés par les vagues : l'*Elfrida* et le bateau des pilotes du Saint-Laurent. À quelques mètres plus loin, ils découvrent le cadavre d'un homme, gonflé par l'eau. Un marcheur compose aussitôt le 911 sur son portable. Les policiers de la Sûreté du Québec arrivent dix minutes plus tard. Ils sécurisent la rive, pour empêcher les curieux de s'approcher. L'un d'eux tire la dépouille de l'eau, récupère le contenu de ses poches et glisse le tout dans un sac de plastique. Sur les entrefaites, un camion de la SQ arrive pour remorquer les deux bateaux.

Moins d'une heure s'est écoulée quand deux policiers de la Sûreté du Québec frappent à la porte de Cyprien Lagrange. Surprenant les accueille bruyamment.

— On a retrouvé votre bateau de pêche à Forestville. L'*Elfrida*, c'est bien à vous que ça appartient ?

— Oui, c'est mon bateau, mais...

Le policier lui coupe la parole.

— Pouvez-vous m'expliquer pourquoi il se trouvait à Forestville ? L'aviez-vous prêté à quelqu'un ?

Cyprien Lagrange acquiesce d'un hochement de tête.

— Je les connais depuis longtemps. Je leur ai fait confiance. Je n'aurais pas dû.

— Qui étaient-ils ?

— Ils étaient juste deux. Fabien Robert et Jean Plourde. Ils sont venus chez moi pour emprunter mon bateau. Je ne sais pas si d'autres personnes étaient impliquées.

170

— Ils vous ont dit où ils allaient?

— Aux Escoumins.

— Pour y faire quoi?

— Ils n'ont pas voulu me le dire.

— Et pourquoi n'avez-vous pas appelé la Sûreté du Québec?

Cyprien Lagrange hausse les épaules. Il n'a jamais pensé que Fabien et Jean pouvaient avoir des intentions criminelles. Surprenant vient se coller contre lui.

— Vous savez que vous pouvez être accusé de complicité?

Le vieil homme lève vers le policier des yeux contrits.

— Je ne pouvais pas deviner.

— Vous auriez dû nous appeler immédiatement, lui reproche de nouveau l'enquêteur.

Les deux policiers se lèvent en empochant l'immatriculation du bateau. Ils ordonnent au vieillard de ne pas s'éloigner de l'Anse-aux-Sarcelles sans les en informer et de se tenir à la disposition de la Sûreté du Québec. Ils s'enquièrent ensuite de l'adresse de Fabien. L'un d'eux sort de la maison pour téléphoner. Cyprien Lagrange leur suggère à regret d'aller parler à Amélie.

En répondant à sa porte, elle les dévisage, le cœur dans la gorge.

— C'est au sujet de Fabien, c'est ça? Est-ce qu'il est mort?

— Non, madame. On a tout lieu de croire qu'il est monté à bord du *Cap Vert* avec son ami Jean Plourde et que d'autres complices les y attendaient.

Bouleversée, Amélie réprime un grand frisson, les bras serrés sur la poitrine. Ses doutes se concrétisent.

— Fabien Robert, c'est votre compagnon de vie?

— Ce l'était, répond mollement Amélie.

— Depuis combien de temps les deux hommes préparent-ils leur attaque terroriste?

La jeune femme reste un instant bouche bée, en dévisageant le policier. Fabien, un terroriste ? Elle en a le souffle coupé. Le policier la relance.

— Savez-vous pourquoi il voulait rejoindre le *Cap Vert* ? Vous a-t-il informée de ses intentions ? D'un plan quelconque ? Vous a-t-il donné quelque raison que ce soit de croire qu'il préparait quelque chose ?

Amélie esquisse un mouvement d'impuissance. Un plan ?

— Non, jamais.

— Est-ce que vous aviez remarqué un comportement anormal, ces derniers temps ?

Amélie explique la fin douloureuse de leur relation, en décrivant le caractère ténébreux de Fabien, un jeune homme solitaire, taciturne, qui avait peu d'amis.

— Lui arrivait-il de parler à ses anciens camarades de l'Université Laval ? Pourriez-vous les identifier ?

— C'était des amis que j'apercevais de loin de temps en temps, mais il ne me les a jamais présentés. Ils m'avaient fait une drôle d'impression. Quand je l'interrogeais à leur sujet, il se contentait de dire que c'était des connaissances, qui parfois lui refilaient de la marijuana. Des petits trafiquants.

— Depuis quand connaissez-vous Fabien Robert ?

— Depuis l'université.

— Et vous voulez me faire croire que vous n'avez jamais rien remarqué chez lui d'anormal ?

Amélie hésite et feint un instant de fouiller dans ses souvenirs.

— Non. On participait à des manifestations d'écologistes ensemble, sans plus.

— Est-ce qu'il reste de ses affaires ici ?

— Non. Il a tout emporté chez Jean.

— Où étiez-vous lundi soir dernier ?

Le cœur d'Amélie fait un bond. Elle comprend l'allusion du policier. Le soir où le bateau de pêche a explosé, la

172

veille du premier déversement, le soir où tout ce cauchemar a commencé.

— J'ai passé la soirée de lundi à la maison. Vous pourrez vérifier mon relevé d'appels téléphoniques. J'ai parlé pendant une heure avec ma meilleure amie et une demi-heure avec ma mère avant d'aller dormir.

— Fabien Robert ne vous a jamais fait part de son intention d'aller aux Escoumins?

— Non, murmure-t-elle.

Amélie est de plus en plus déroutée. Plongée dans un drame dont elle ignore tout. Brusquement, elle découvre que l'homme qu'elle a aimé était un dangereux criminel. Qu'il lui a menti. Elle n'arrive pas à y croire.

— Je vous demande de ne pas quitter la région et de vous tenir à la disposition de la Sûreté du Québec.

Les deux policiers s'en vont. Amélie s'effondre sur le sofa et prend machinalement Salicorne dans ses bras. «Fabien, un terroriste!» Elle ne peut pas l'imaginer, même si certains détails lui reviennent à l'esprit. Son étrange réaction en apprenant l'explosion du bateau de pêche, et l'incident du béluga, sa précipitation, parfois, à fermer son ordinateur quand elle s'en approchait.

Elle essaie de composer le numéro de portable de Fabien. Peine perdue. «La personne que vous désirez joindre n'est pas disponible.» Elle appelle sa mère.

— J'arrive avec ton père. Ne t'inquiète pas et ne parle plus aux policiers. Je vais te trouver un avocat.

Radio-Canada, bulletin de 11 heures

Mesdames, messieurs, bonjour. Développement spectaculaire dans la saga du Cap Vert. Deux présumés complices des terroristes sont montés à bord du navire aux Escoumins après avoir kidnappé le pilote québécois. Marie-Lune Beaupré, qu'avez-vous appris?

« *Il s'agit, selon nos sources, de Fabien Robert et de Jean Plourde, deux militants écologistes bien connus de la région de l'Anse-aux-Sarcelles. Tous deux étaient des contemporains de Cheb Bekhti et d'Alain Laroche à l'Université Laval. Le groupe aurait été en contact régulièrement depuis le départ de Bekhti et Laroche pour la Turquie, il y a un an. On ne connaît pas pour l'instant leur objectif final, mais, selon nos sources, ils sont en mesure de provoquer une immense catastrophe. Fabien Robert et Jean Plourde étaient membres de la cellule Sauvons le Saint-Laurent. Une source policière affirme que l'un d'eux et peut-être même que tous deux auraient été à l'origine de l'explosion du bateau de pêche, lundi dernier à Berthier-sur-Mer. Quant au communiqué trouvé sous la porte du bureau du premier ministre Saint-Martin, la SQ privilégie actuellement l'hypothèse que la Cellule aurait un complice bénéficiant du libre accès à tout l'édifice de l'Assemblée nationale. Combien de personnes font partie de la cellule Sauvons le Saint-Laurent? Notre source n'a pas de réponse et refuse de spéculer. Quoi qu'il en soit, il semble bien qu'on ait affaire à un groupe très bien organisé et c'est ce qui inquiète le plus les autorités.*

Marie-Lune Beaupré à Québec. »

Dwight Benson, le conseiller en sécurité des États-Unis à l'ambassade américaine à Ottawa, et Alvin Cook, le représentant de la NSA, n'entendent pas à rire. Ils viennent de recevoir un message de la Maison-Blanche les invitant à « ménager les susceptibilités de nos amis canadiens ». Mais les deux hommes n'ont pas l'intention d'abandonner leur plan d'intervention au profit de celui de la GRC. Le commando de Forces spéciales se tient fin prêt et n'attend qu'un signal pour passer à l'action. Simon Heffner, le commissaire de la GRC, est en retard. Lorsqu'il fait son entrée, vêtu de son uniforme d'apparat, les deux hommes ne cachent pas leur irritation.

174

— Quand allez-vous vous décider à bouger ? tonne Alvin Cook, sans préambule.

— Vous n'y pensez pas ! rétorque le commissaire, en prenant le temps de s'asseoir et se dispensant, lui aussi, des salutations d'usage. Il n'y a pas un hélicoptère ni un bateau de la Garde côtière qui soit autorisé à tenter un abordage aussi risqué, au beau milieu d'un ouragan, pas plus chez vous que chez nous !

— Encore des prétextes, des faux-fuyants !

Heffner enfonce sa tête dans ses épaules. Il ne va pas se laisser intimider. Les deux Américains le toisent d'un air de mépris. La tension dans la pièce est à couper au couteau.

— Et je présume que vous ignorez tout des deux suspects, Fabien Robert et Jean Plourde ? ironise Dwight Benson.

«Il présume, il présume... », maugrée Heffner intérieurement, au comble de l'exaspération. Le commissaire de la GRC ronge son frein. Il ne se soumettra pas à l'humiliation d'admettre que jusqu'à hier, il ignorait même l'existence de ces individus. Les deux Américains échangent un regard entendu.

— Nous savons que les terroristes sont en mesure de faire sauter tout le navire, dit Alvin Cook.

— Vous en avez la certitude ? Vos services ont intercepté d'autres conversations ? Ces types-là doivent s'attendre à être sur écoute ! Et si ce n'était qu'une forme de chantage ?

Le diplomate américain a tôt fait de dégonfler l'hypothèse du commissaire.

— Une quantité importante d'explosifs a été volée dans les environs du port d'Alger, d'où est parti le navire, affirme Benson, trop heureux de lui damer le pion. L'affréteur n'a pas pu confirmer que les bagages des matelots avaient fait l'objet d'une vérification intensive.

— Il faut maximiser l'effet de surprise, tranche Alvin Cook. Ils sont six, au plus huit, à bord du pétrolier, en comptant le pilote. Ils ne tiendront pas trois secondes face à nos hommes.

— Vos hommes n'interviendront que si le Canada en fait la demande formelle, insiste le commissaire.

Benson et Cook le regardent d'un air impassible.

— On ne peut plus se permettre d'attendre, conclut Dwight Benson.

— Nous en reparlerons en début de soirée, répond Simon Heffner sèchement, tout en suant à grosses gouttes sous son uniforme.

Midi

— Madame, vous êtes en état d'arrestation, déclare l'un des deux policiers de la GRC.

Amélie ne comprend pas. En état d'arrestation?

— Vous devez nous suivre, enchaîne l'autre policier. Nous avons des questions à vous poser.

— Mais je vous ai déjà dit tout ce que je savais, balbutie Amélie, momentanément décontenancée.

— Vous devez nous suivre immédiatement, madame. Ne me forcez pas à vous passer les menottes.

Les menottes? Le cœur dans la gorge, Amélie s'occupe rapidement de remplir le bol du chat, vérifie le couvercle de la boîte de ses canetons, enfile un ciré, met la clé dans la porte et emboîte le pas aux deux agents. Et sa mère qui n'arrive pas, probablement ralentie par la tempête.

— Puis-je au moins téléphoner à ma mère?

— Non, donnez-moi votre portable, ordonne l'un des agents.

Les policiers la font asseoir sur la banquette arrière et démarrent en trombe, comme s'ils venaient d'appréhender une dangereuse criminelle. Amélie respire difficilement. Va-t-on l'emprisonner? Pourtant, elle n'a rien à se reprocher. Jamais, au grand jamais, Fabien ne lui a fait part de ses projets funestes. Comme elle lui en veut de l'avoir ainsi bernée! Elle ne décolère pas. Comment a-t-elle pu être aussi naïve? S'il était amoureux d'elle, comment a-t-il pu lui cacher ce qu'il organisait? Elle le déteste.

Au quartier général de la Sûreté du Québec, Amélie est conduite dans une petite salle surchauffée où elle doit attendre vingt minutes avant qu'on daigne s'occuper d'elle. «Prends tout ton temps, confie le policier qui l'a arrêtée à son collègue qui se prépare à l'interroger. Ça va nous donner la chance d'installer des micros dans sa maison et de pirater son portable. Elle pourrait nous être très utile.»

Dans la salle d'interrogatoire, Amélie fait face à un gros homme aux cheveux rasés.

— Quelle était votre relation avec Fabien Robert? lui demande-t-il, en tenant dans ses doigts boudinés un minuscule crayon de plomb dont il ne se servira pas.

— J'ai déjà répondu à ça.

Le policier la regarde froidement, se lève et approche sa chaise de la sienne. Elle sent sa grosse carcasse penchée sur elle. Son haleine fétide lui souffle au visage.

— Tout ce que je vous demande, c'est de répondre à mes questions. À moins que vous ne vouliez passer la nuit sur cette chaise.

Amélie se résigne à répéter les réponses qu'elle a déjà données, brièvement, d'un ton ferme.

— Connaissez-vous Jean Plourde, Cheb Bekhti, Alain Laroche et Robert Spénard?

— Pas Bekhti, mais les autres oui.

— Vous savez qui est celui qu'ils appellent Mentor?

Amélie le regarde avec étonnement. Un mentor? Et quoi encore? Cachant mal son impatience, elle répond à toutes les questions, mais à l'évidence, elle n'a aucune information pertinente à donner au policier. Elle n'a jamais été dans le coup. Elle a découvert le pot aux roses en même temps que tout le monde.

— À quoi rime cette mascarade? Avez-vous bientôt fini?

Le gros homme se renverse sur sa chaise et l'observe longuement.

— Oui, j'ai fini pour aujourd'hui, même si je sais que vous ne me dites pas la vérité. La prochaine fois, j'utiliserai des moyens de persuasion plus... persuasifs. C'est ma spécialité. On finira par vous faire cracher ce que vous savez, soyez-en certaine.

Il se lève lourdement, se dirige vers la porte et se retourne vers elle.

— Quelqu'un vous ramènera chez vous.

Amélie est bouleversée par les menaces du policier. La prochaine fois... Comment pourra-t-elle lui donner les réponses qu'elle n'a pas ? Même sous la torture, elle ne pourrait pas en dire davantage. Elle doit patienter une heure avant qu'un policier la reconduise à une vitesse folle, ponctuée de virages brusques, d'accélérations à lui en sortir le cœur du ventre, au son d'une musique tonitruante qui fait vibrer les vitres de la voiture.

Pendant que l'interrogatoire d'Amélie se déroulait, deux autres agents sont entrés dans sa maison pour y planter des micros aux endroits stratégiques. Avant de partir, l'un d'eux s'est emparé du portable de la biologiste et y a inséré une puce reliée au service d'écoute de la GRC. Puis ils ont fouillé tous les coins de la maison, en prenant bien soin de tout remettre à sa place, pour ne pas éveiller les soupçons de la jeune femme. Quand ils ont eu fini chez Amélie, ils se sont rendus à la maison de Jean, ont forcé la porte sans difficulté et ont fouillé partout. Ils ont saisi des notes, des lettres, un ordinateur appartenant à Jean, mais pas celui de Fabien.

Au retour d'Amélie, Salicorne se précipite vers elle. La jeune femme s'étonne de trouver sa chatte aussi nerveuse. Elle la caresse quelques instants, sort son portable et appelle sa mère, dont elle n'a toujours pas de nouvelles.

En fin d'après-midi, alors que les vents ont diminué, trois bateaux de la Garde côtière canadienne s'approchent du *Cap Vert*. Ils tanguent sur un fleuve encore agité. Une fois les embarcations immobilisées, une dizaine de policiers, protégés par des vestes pare-balles et des casques à visière à l'épreuve des balles, se placent en formation de combat sur chacun d'entre eux. La plage est déserte, la tempête ayant chassé les curieux. Quatre hélicoptères survolent l'immense navire. Des échelles de cordage s'en déroulent vers le pont, à l'avant et à l'arrière de l'océanique. Huit policiers lourdement armés en descendent à toute vitesse, sautent sur le pont du pétrolier et se dirigent vers les cabines quand une forte explosion retentit. Les hommes sont soufflés, au moins trois d'entre eux sont projetés dans le fleuve. Un bateau de la Garde côtière s'approche pour leur venir en aide, mais les corps disparaissent, vite avalés par les flots tumultueux. L'épaisse fumée qui recouvre le pont du navire empêche les occupants des hélicoptères de repérer leurs collègues.

— Marc, survole le navire, ordonne le commandant, mais pas de manœuvres précipitées. Cette fois, ces imbéciles sont bien capables de faire sauter le pétrolier.

— D'accord, la fumée commence à se dissiper, répond le pilote.

L'hélicoptère s'approche lentement quand une rafale de mitraillette le force à s'éloigner.

— Je n'arrive pas à voir le tireur, dit le pilote. Gilbert est prêt à l'abattre s'il peut seulement sortir de sa tanière.

— Ton moteur est atteint ?

— Je crois que oui, mais j'ai encore un peu d'autonomie.

— On a déjà perdu assez d'hommes. Retourne à la rive immédiatement. Claude, peux-tu prendre la relève ?

Un deuxième hélicoptère s'approche du *Cap Vert*.

— Je ne vois personne sur le pont, observe le pilote. Le tireur s'est probablement embusqué.

— Et nos gars ? Tu les vois ?

Le pilote met du temps à répondre.

— Un seul...

Nouvelle hésitation.

— Je pense qu'il est trop tard...

Une autre rafale de mitraillette touche la cabine.

— Claude, ça va?

— Moi, ça va, mais Bernard est atteint à la tête.

Le commandant jure. Il est à bout de ressources.

— Opération terminée, rentrez à vos bases, ordonne le commissaire de la GRC d'une voix cassée. Marc, peux-tu continuer de survoler et dès que la fumée se dissipera, vérifier si nos collègues sont vivants?

— Bien reçu, répond le pilote.

Le fleuve roule encore de grosses vagues, mais la tempête s'essouffle. Les goélands se laissent porter par le vent, en donnant un coup d'aile de temps en temps pour corriger leur trajectoire.

Radio-Canada, bulletin de 18 heures

Mesdames, messieurs, bonsoir. La deuxième tentative d'abordage héliporté du superpétrolier Cap Vert a tourné à la catastrophe. Tout de suite, nous joignons Marie-Lune Beaupré.

«Une source fiable vient de confirmer à Radio-Canada que sept des huit policiers largués sur le superpétrolier sont morts. On est sans nouvelles du dernier. Dès qu'ils se sont posés sur le pont du navire, une bombe ou des bombes ont explosé, projetant certains d'entre eux dans l'eau et neutralisant les autres qui auraient alors été abattus par les terroristes. La bombe ou les bombes de faible puissance avaient été placées de façon stratégique, pour repousser les assaillants sans trop endommager la structure du navire. Selon nos sources, la GRC a devancé l'opération à la demande d'Ottawa, qui subit de très fortes pressions de Washington pour mettre fin à ce drame. D'ailleurs, la même source nous a déclaré que les Américains, frustrés par ce nouvel échec des Canadiens, pourraient faire fi des juridictions et se lancer à l'assaut du Cap Vert avant la fin de la journée.

Marie-Lune Beaupré à Québec.»

4 juin 2018

6 heures

Au lever du jour, Cheb Bekhti et Alain Laroche examinent les dégâts causés par les explosions de la veille sur
le pont du *Cap Vert*. Avec l'aide de leurs complices, ils
jettent à l'eau le cadavre du dernier policier impliqué dans
l'abordage de la veille. La tempête s'est enfin apaisée. Une
brise légère atténue la forte odeur de soufre qui flotte sur le
superpétrolier. En retrait, Fabien a un haut-le-cœur. Comment Cheb et Alain en sont-ils arrivés à tant d'insensibilité,
de détachement par rapport à la mort ? Leur désespoir est-il
si profond ? Pourtant, Mentor n'a jamais évoqué la possibilité
de tuer autant d'innocents. Maintenant qu'il doit faire face à
la réalité, Fabien se rend compte qu'il n'y a pas d'issue. Naïf,
il n'a pas bien mesuré les conséquences de son engagement.
Faire exploser quelques litres de pétrole dans un bateau à la
dérive est banal. Éventrer un superpétrolier dans le Saint-
Laurent serait catastrophique. Que faire à présent ? Il a peur.
Il pense à Amélie qui doit lui en vouloir terriblement. Jamais
elle ne lui pardonnera pareille trahison. Encore faudrait-il
qu'il la revoie un jour. Quand il croise le regard de Cheb,
il peut y lire la méfiance à son endroit.

— T'es toujours dans le coup, Fabien ? Tu me donnes
l'impression de quelqu'un qui n'est plus d'accord avec
l'objectif de la mission.

Fabien le dévisage froidement, mais ne répond pas. Cheb, son arme en bandoulière, en relève le canon et le pointe sur Fabien.

— Tu es avec nous ou non?

Quand l'autre ne répond pas, Cheb lui ordonne de le suivre. À l'écart, Jean voudrait venir en aide à son ami, mais le jeu est trop risqué. Cheb n'hésitera pas à les abattre tous les deux.

— Et toi, Jean, tu es toujours dans le coup?

Jean tente de croiser le regard d'Alain Laroche, espérant y lire un signe de désapprobation envers les agissements de son comparse, mais ce dernier fixe le bout de ses souliers comme si ce qui se passait ne le concernait pas. Jean finit par répondre à l'affirmative.

Cheb pousse Fabien vers la petite salle où est enfermé le pilote québécois et lui assène un solide double-échec avec la crosse de son pistolet-mitrailleur. Fabien va choir durement sur le plancher.

— Toi, tu viens avec moi, ordonne Cheb au pilote québécois.

En sortant, Cheb demande à deux complices de s'approcher. D'une voix discrète, il leur dit de ligoter Fabien et de surveiller Jean.

— Tenez-le à l'œil. Je ne lui fais pas confiance.

Dans la cabine de pilotage, le terroriste somme le pilote de remettre le *Cap Vert* en marche.

— Pour aller où? À la raffinerie de Lévis?

— Non, jusqu'à Québec. Tu vas nous conduire jusqu'aux ponts.

Jean-Paul Plouffe commence enfin à deviner ce que Cheb a en tête. Mener le superpétrolier sous les deux ponts de Québec et le faire exploser, les tuant tous et potentiellement des centaines d'automobilistes, détruisant deux infrastructures cruciales, causant un gigantesque incendie et semant la panique et la destruction dans la vieille capitale!

— La marée est trop basse. Même à marée haute, je ne sais pas si on pourra repartir d'ici. Le navire est enlisé.

— Combien de temps avant la marée haute ?

— Deux heures.

Frustré, Cheb assène un solide coup de crosse de son pistolet-mitrailleur dans le dos du pilote qui grimace de douleur.

— Je te donne deux heures. Quand la marée sera au maximum, si tu ne réussis pas à remettre le navire à flot, on décharge un autre conteneur dans le fleuve.

Jean-Paul Plouffe fait mine d'acquiescer d'un petit coup de tête, mais de là à passer aux actes, il y a un pas qu'il refuse de franchir. «Si je dois mourir, se dit-il, mieux vaut ici que sous les ponts avec qui sait combien d'innocents !» Et s'il refuse de remettre le superpétrolier en marche ? Il a un avantage certain : ces fous furieux ne peuvent pas se passer de lui. Il est le seul à bord capable de piloter ce géant. Un coup d'œil rapide au tableau de bord lui a permis de constater que le superpétrolier n'a peut-être pas assez de carburant pour se rendre jusqu'à Québec. Plus il pourra gagner du temps, plus la réserve de carburant s'épuisera. Au pire, il lui restera une dernière carte dans sa manche. L'autre est tendu comme une corde de violon. Il semble au bord de la crise de nerfs. Visiblement, il a très peu dormi. «Une seconde d'inattention et je te désarme, mon salaud, quitte à t'abattre si nécessaire», songe-t-il.

Cheb lui attache les mains derrière le dos et le ramène dans la petite salle où il a enfermé Fabien, ligoté, avec une large ecchymose au front résultant de sa chute brutale sur le plancher.

— Je reviens quand la marée sera haute et cette fois, pas d'excuse. Tu fais exactement ce que je te dis ou tu finis ta vie, pieds et poings liés, au fond du fleuve avec les poissons.

Avant de sortir, il fusille Fabien du regard.

— Si tu le libères, je le tue.

Jean-Paul Plouffe dévisage longuement Fabien Robert. Qui est-il? Un complice repenti? Si oui, pourquoi n'est-il pas mort, comme les malheureux qu'ils ont abattus de sang-froid? S'il avait les mains libres, Plouffe aurait envie de lui donner la raclée de sa vie pour l'avoir kidnappé et avoir largué le conducteur de la pilotine en pleine tempête, au péril de sa vie.

— Pourquoi es-tu là? T'as changé d'idée? lui demande-t-il froidement.

Fabien se retient de tout lui expliquer et se contente de dire qu'il n'est pas un assassin.

— Mentor a jamais parlé de tuer du monde, souffle-t-il d'une voix ténue, comme s'il sortait d'un cauchemar.

— Qui est Mentor?

Fabien répond d'un haussement d'épaules. Il n'en a pas la moindre idée. Il ne l'a jamais vu, ne l'a jamais rencontré.

— T'as pas réfléchi? T'es naïf à ce point?

Fabien murmure qu'il hait sa vie, que son travail le passionnait, mais qu'il l'a perdu à cause d'un gouvernement qui ne pense qu'à couper des postes sans aucune conscience écologique, que son amie l'a quitté et que de toute façon, la bataille de sa vie, pour sauver le fleuve, est ingagnable. Il est trop tard. Il se tait pendant un long moment, avant de reprendre, en lançant au pilote un regard suppliant.

— Cheb m'a dit ce qu'il comptait faire. Je savais pas. Je croyais que ça s'arrêtait ici. Que c'était pour forcer le gouvernement à sauver le fleuve. Est-ce que tu peux empêcher la catastrophe?

Jean-Paul Plouffe ne répond pas. Il ne lui fait pas confiance. Il ne croit pas à ses remords et le soupçonne de jouer la comédie, pour le faire parler et mieux le contrôler.

— Tu te méfies de moi? lui demande Fabien.

Jean-Paul Plouffe ne veut pas poursuivre cette discussion. Fabien Robert lui inspire un mépris sans nom. Un autre qui voudrait mettre fin à la circulation maritime sur le

Saint-Laurent et le priver de son gagne-pain! Un criminel, qu'il n'hésitera pas une seconde à abattre si nécessaire.

8 heures

Marie-Lune Beaupré tourne et retourne le communiqué que le commis de la salle des nouvelles vient de lui remettre.

— Où as-tu pris ce communiqué? lui demande la journaliste.

— Quelqu'un a téléphoné tantôt pour dire qu'il avait laissé une enveloppe à ton attention et d'aller la chercher à l'entrée.

— T'as vu quelqu'un?

— Non, l'enveloppe était coincée entre la poignée et le mur.

Marie-Lune tend le communiqué à son directeur de l'information. Il blêmit en le lisant:

« Le Cap Vert arrivera sous les ponts de Québec et Pierre-Laporte avant la fin de la journée. Toute tentative d'abordage causera l'explosion immédiate du navire, et la destruction des deux ponts.

La cellule Sauvons le Saint-Laurent »

— J'appelle la police! s'exclame le directeur de l'information.

— Je vais en ondes? demande Marie-Lune.

— Non! Parle à tes sources. Essaie de voir si quelqu'un est au courant et si oui, comment ils se préparent.

Marie-Lune compose le numéro de Secret. Pas de réponse. Elle s'en doutait bien.

Une demi-heure plus tard, deux policiers de la GRC arrivent à Radio-Canada, interrogent le commis et repartent avec le communiqué.

Après l'avoir lu, le commissaire de la GRC convoque immédiatement ses collaborateurs, qui conviennent à l'unanimité de l'urgence absolue de passer à l'action. L'authenticité du communiqué ne fait pas de doute. Même facture que les précédents. Écrit sur un très vieil appareil, en excellent français. D'où provient-il ? Qui l'a déposé à la porte de Radio-Canada ? Ces questions exigent des réponses, mais dans l'immédiat, toutes les ressources doivent être mobilisées pour faire échec aux terroristes sans déclencher l'explosion du navire et la destruction des ponts, en plus, potentiellement, d'un carnage sans nom.

8 h 30

Mireille Lavoie-Saint-Martin respire à peine. Elle n'a plus qu'un souffle de vie. Dans les dernières heures, son mari a compté jusqu'à onze secondes entre les respirations. Chaque fois, il a cru que c'était la fin, mais le lever du jour la trouve encore en vie.

— Monsieur le premier ministre, dit son chauffeur, on vous attend, c'est urgent.

Exténué par sa nuit blanche, René Saint-Martin prend la main de sa femme et la garde dans la sienne un long moment. Puis il se lève et, avant de quitter la chambre, pose un regard plein de tendresse sur « sa Mireille ».

Lorsqu'il arrive dans la salle du Conseil des ministres, après avoir traversé tous les dispositifs de sécurité mis en place à l'entrée et à plusieurs endroits stratégiques dans l'enceinte de l'Assemblée nationale, une demi-douzaine de ministres l'attendent autour de la table du cabinet. Ils ont les traits tirés. Son chef de cabinet lui tend une photocopie du communiqué reçu par Radio-Canada hier soir. En lisant, ses yeux fatigués se dilatent de stupeur.

— Baptême !

Autour de lui, c'est le silence complet.

— Qu'est-ce que la GRC recommande ?

186

Le commissaire Heffner a fait parvenir une note au chef de cabinet l'informant que si le *Cap Vert* se remet en marche, il faudra fermer les deux ponts et évacuer d'urgence tous les riverains entre l'Anse-aux-Sarcelles et Québec. Une opération gigantesque. Déjà, la Sûreté du Québec et les Forces canadiennes commencent à déployer policiers et soldats tout le long du fleuve, pour aider les citoyens et s'assurer qu'il n'y aura pas de panique.

— Il faut combien de temps à un navire de cette taille pour franchir la distance entre l'Anse-aux-Sarcelles et Québec? veut savoir le premier ministre.

— Entre une et deux heures, répond le chef de cabinet.

— Ne devrait-on pas avertir la population?

— Heffner nous demande d'attendre un peu. Je crois qu'il prépare une autre intervention pour empêcher le navire de repartir. La marée n'atteindra son niveau maximum que dans une heure. On a donc environ trois heures devant nous.

— Les Américains, enchaîne le premier ministre, ils sont toujours ici?

— Heffner n'a rien mentionné là-dessus.

8 h 30

Le serveur du Château Frontenac dépose un plateau de fruits, un autre de rôties et deux pots de café sur la table. Dwight Benson signe l'addition et le renvoie d'un geste brusque.

Jim Bartlett, du Pentagone, et Alvin Cook, de la NSA, prennent connaissance de la traduction anglaise du communiqué reçu par Radio-Canada. Ils fulminent, l'un autant que l'autre.

— *Fucking bunch of amateurs!* gronde Cook entre ses dents. Après que leur deuxième tentative d'abordage a foiré, comment justifier que les Canadiens fassent encore cavalier seul?

— *We can't wait any longer,* déclare Bartlett. Il faut intervenir. J'ai demandé au président ce matin de nous donner le feu vert. J'attends la réponse.

— Ça risque d'être long, ironise Cook, en se tournant vers Dwight Benson. Tu connais la relation entre notre président et leur premier ministre. Si on intervenait avant les Canadiens, ça causerait un incident diplomatique, mais on n'a pas le choix, ils n'ont aucune idée de ce qu'il faut faire.

Benson hésite un instant.

— *You're thinking of striking now, without warning the Canadians?*

— *You bet.*

Benson réfléchit avant de répondre.

— Si on réussit, tout le monde applaudira. Si on se plante, les Canadiens ne nous le pardonneront pas. Quant au président et au premier ministre, ils s'aiment autant que deux scorpions dans un même bocal malgré les apparences.

— Un deuxième commando d'élite est arrivé tard hier soir, précise Jim Bartlett. Huit hélicoptères de combat se tiennent prêts à décoller de l'aéroport international de Bangor, dans le Maine, à un saut de puce du Québec. Ils peuvent être au-dessus du superpétrolier en moins d'une heure. En tout, nous avons 50 hommes prêts à intervenir. Nos meilleurs! Dès qu'on aura le feu vert, nous les déploierons et ils prendront d'assaut le navire.

— *Do we kill them all?*

— *We'll try to save the pilot.* Si nous le retrouvons vivant, on exigera de l'interroger nous-mêmes.

Au quartier général de la Gendarmerie royale du Canada, une douzaine de personnes sont regroupées autour de Simon Heffner. Le commissaire de la GRC est blanc de colère. Le premier ministre vient de lui servir une admonestation spectaculaire. «Jamais je n'aurais imaginé que tu puisses faire preuve d'une telle incompétence. Les Américains seraient plus que jamais justifiés d'intervenir sans nous. Le Canada sera la risée du monde. On sera encore une fois à la remorque des États-Unis, comme toujours quand il s'agit de sécurité. »

Le commissaire n'a pas pu placer un seul mot. Le premier ministre était hors de lui, parlant comme si les considérations environnementales n'existaient plus, comme s'il aurait dû rouler les dés et mettre la vie de ses hommes en danger malgré les conditions exécrables. Simon Heffner s'attend à ce que le premier ministre exige sa démission dès que la crise sera terminée.

— Qu'avez-vous de nouveau à m'apprendre ? demande le commissaire à ses collaborateurs.

Ceux-ci lui avouent, d'un air découragé, qu'ils n'ont pas de nouvelles informations.

— Le nouveau commando des forces canadiennes qui doit remplacer nos pertes d'hier est arrivé ?

— Il est en route. Il sera à l'aéroport de Québec à midi.

Simon Heffner n'est pas rassuré. Devrait-il mettre son orgueil de côté et demander l'aide des Américains ? Il sait d'avance que le premier ministre s'y opposera. À moins que ça se fasse à son insu ? Sa carrière est finie de toute façon. Pourquoi sacrifier d'autres policiers dans le seul but de permettre à Allan Mesmer de sauver la face ? Chose certaine, une opération réussie en collaboration avec les Américains serait bien accueillie par les Canadiens.

Trois coups urgents frappés à la porte le tirent de sa réflexion.

— Entrez !

L'adjointe du commissaire se glisse dans la salle, visiblement agitée et à bout de souffle.

— Le *Cap Vert* vient de se remettre en marche.

Simon Heffner bondit de sa chaise.

— Joignez-moi immédiatement le ministre de la Sécurité publique et le directeur de la SQ. Il faut établir un plan d'urgence. Vite !

* * *

— Monsieur Benson?

Le diplomate américain lève les yeux vers son adjointe, arrivée d'Ottawa la veille en même temps que plusieurs autres membres du personnel diplomatique.

— Le président des États-Unis est en ligne.

Benson décroche vivement l'appareil.

— *Good morning, Mister President.*

— Le FBI me dit que le navire s'est remis en marche.

— *Yes sir*, il y a cinq minutes.

— Vous êtes prêts?

— *Yes, Mister President.*

— Vous avez le feu vert.

— *Thank you, Mister President.*

* * *

Cheb Bekhti entre en coup de vent dans la petite salle des prisonniers. Il toise Fabien, épaule son arme, mais ne tire pas. Le terroriste pousse rudement Jean-Paul Plouffe, à coups de crosse de pistolet-mitrailleur dans le dos, jusqu'au poste de pilotage.

— On repart. Si le navire ne bouge pas dans dix minutes, je fais vider un conteneur de pétrole dans le fleuve.

Persuadé que le mastodonte est enlisé, Jean-Paul Plouffe examine le plan de navigation et, à sa surprise, réussit à faire avancer le navire. Les réserves de carburant sont très basses. En naviguant plus lentement que d'habitude, peut-être tomberont-ils en panne avant d'atteindre leur destination.

— Combien de temps avant d'arriver à Québec? demande Cheb.

— Le même que d'habitude, répond froidement le pilote.

— C'est-à-dire, putain d'enfoiré? crie Cheb, se retenant de justesse de lui asséner un violent coup de crosse à la tête.

Il jette un coup d'œil sur le pont, où Alain, Jean et ses six autres complices fortement armés guettent l'apparition de bateaux ou d'hélicoptères de la Garde côtière. Pour l'instant, seuls des goélands sont visibles dans le ciel complètement dégagé.

Radio-Canada, bulletin spécial

Nous joignons immédiatement notre correspondante Marie-Lune Beaupré. Marie-Lune, que se passe-t-il?

« Le Cap Vert vient de se remettre en marche vers Québec, sans être importuné par la GRC ou les Forces canadiennes. Selon nos sources, le navire avance moins vite que normalement, mais il est tout de même à moins de deux heures de Québec. Les autorités viennent d'ordonner la fermeture des deux ponts de la vieille capitale et l'évacuation de tous les riverains de l'Anse-aux-Sarcelles à Donnacona, par crainte que les terroristes fassent exploser le superpétrolier.

— Marie-Lune, on doit vous interrompre immédiatement pour diffuser ce message urgent de la GRC :

ATTENTION. MESSAGE URGENT POUR TOUS LES CITOYENS QUI SE TROUVENT À MOINS DE 500 MÈTRES DES RIVES DU FLEUVE ENTRE L'ANSE-AUX-SARCELLES ET DONNACONA. VOUS ÊTES PRIÉS D'ÉVACUER LES LIEUX LE PLUS RAPIDE-MENT POSSIBLE ET DE NE PAS Y REVENIR AVANT D'EN AVOIR OBTENU L'AUTORISATION. NOUS RÉPÉTONS...

Marie-Lune tente de nouveau de joindre Secret : « Il n'y a pas de service au numéro que vous avez composé. » C'est la troisième fois ce matin qu'elle tombe sur le même message. « Il a probablement changé de numéro de téléphone pour des raisons de sécurité. Bizarre, quand même... »

L'ordre d'évacuation provoque une véritable panique. Les parents se précipitent vers les écoles pour aller chercher leurs enfants. Les sirènes hurlent. Des auto-patrouilles munies de puissants haut-parleurs ordonnent aux gens de quitter leur maison. Les automobilistes ne respectent plus les feux rouges. On sort les vieillards des centres d'accueil et on les fait monter dans des ambulances qui repartent à toute vitesse. Les accidents se multiplient, tout comme les cas de rage au volant, d'escarmouches sur les voies publiques et même de vols d'auto. Le chaos est total. Policiers et soldats n'ont aucune emprise sur les citoyens paniqués. À l'entrée des deux ponts, les automobilistes reculent dans le désordre. Tous cherchent à s'éloigner du fleuve le plus vite possible.

À l'Anse-aux-Sarcelles, le départ du *Cap Vert*, d'abord accueilli avec soulagement, provoque bientôt une grande détresse. Même si le superpétrolier explose plus loin en amont, le fleuve va être souillé et se transformer en cimetière pendant des années. Amélie voudrait sauter à l'eau, nager jusqu'au navire et convaincre ses anciens collègues d'université de renoncer à leur plan diabolique. Cyprien Lagrange l'écoute tristement en partageant son impuissance.

— Même si par miracle tu parvenais à atteindre le navire sans te noyer et sans te faire descendre par la GRC, ces fous-là ne t'écouteraient même pas. Ils sont prêts à tout. Espérons seulement que le pire pourra être évité et que ça servira de leçon à ceux qui nous gouvernent.

— Est-ce qu'ils vont tous être tués?

Cyprien Lagrange hausse les épaules. Il ne veut pas affoler Amélie davantage, mais il est persuadé qu'ils mourront tous, soit dans l'explosion du superpétrolier, soit dans le raid final des forces de l'ordre. «Cette fois, pense-t-il, ils vont prendre le navire d'assaut et les terroristes n'auront aucune chance.»

Deux hélicoptères de la Garde côtière canadienne survolent l'océanique depuis une minute. Jumelles en main, les copilotes détaillent le pont, prennent des photos et repartent aussi vite.

— Tu peux pas aller un peu plus vite? demande Cheb au pilote.

Jean-Paul Plouffe fait non de la tête. Le navire avance à environ 15 kilomètres à l'heure, 5 de moins que la vitesse normale, et Plouffe n'a pas l'intention d'accélérer. Il s'essuie le front et respire lourdement. Cheb l'observe d'un air méfiant.

— Qu'est-ce que t'as ?

— Je suis diabétique, répond le pilote faiblement.

— Merde ! lui crie Cheb, les yeux exorbités de colère. Où sont tes médicaments ?

Tout à coup, un bruit assourdissant envahit la cabine de pilotage. De gros hélicoptères américains viennent d'apparaître au-dessus du navire. Cheb se retourne vivement et s'élance vers la porte, mais le pilote lui fait un croc-en-jambe, l'assomme d'un coup de poing et récupère son arme. Profitant du bruit et du sauve-qui-peut qui disperse les comparses de Cheb sur le pont du navire, Plouffe le traîne jusque dans la salle où est enfermé Fabien.

— Si t'es vraiment sincère et que tu m'aides, je plaiderai en ta faveur.

Fabien acquiesce immédiatement. Jean-Paul Plouffe le libère et lui ordonne de ligoter Cheb.

— Dépêche-toi avant que ce salaud se réveille !

À l'extérieur, des coups de feu retentissent. Le bruit des hélicoptères est de plus en plus fort. Jean-Paul Plouffe et Fabien Robert sortent à la course sur le pont. Les complices de Cheb sont embusqués, armes en joue, ayant pris abri où ils pouvaient.

— Jean ! hurle Fabien de toutes ses forces. Tu vois bien que c'est fini, rends-toi !

Mais l'autre tire sur lui. Se sentant atteint, Fabien se jette sur le pont et arrive à ramper derrière un escalier. Les Américains ouvrent le feu, abattant quatre des complices de Cheb. Jean-Paul Plouffe est touché par une rafale d'arme automatique, tandis qu'un des hélicoptères s'écrase dans le fleuve. Plouffe met Jean Plourde en joue et l'abat froidement. Les deux derniers terroristes courent se cacher dans les cales. Le pilote ordonne à Fabien d'enlever son T-shirt, l'enfile par les manches au canon de son arme et le brandit à bout de bras. Un hélicoptère déroule une échelle de cordage, qu'un homme, puis cinq autres descendent à toute vitesse. En atterrissant, le premier lance une bombe fumigène sur le pont, dont la fumée se disperse rapidement au vent.

— *I'm the pilot!* hurle Jean-Paul Plouffe, le bras en sang, en laissant tomber son arme.

Un militaire s'approche de lui et un second de Fabien, leurs armes automatiques pointées sur eux. Jean-Paul Plouffe leur explique qu'il a désarmé le leader du groupe, en indiquant la salle où il l'a enfermé. De nouveaux coups de feu éclatent à l'intérieur. Au bout d'un instant, les militaires reviennent sur le pont en traînant les cadavres des deux derniers terroristes. Un hélicoptère se pose tout près d'eux. Ils ordonnent à Plouffe et à Fabien, blessé à la jambe, de monter à bord. Cheb Bekhti, pieds et poings liés, toujours sans connaissance, est rudement embarqué dans l'appareil qui décolle aussitôt.

Radio-Canada, bulletin spécial

Une nouvelle tentative d'abordage du Cap Vert est en cours. Nous joignons immédiatement Marie-Lune Beaupré.

«Je peux vous confirmer que le Cap Vert vient d'être pris d'assaut par des forces armées américaines, qui ont déployé huit hélicoptères de combat autour du navire. L'un des appareils s'est écrasé dans le fleuve, probablement touché par les balles des terroristes. Nous avons vu plusieurs militaires américains descendre sur le pont du superpétrolier. Une ou deux minutes plus tard, quelqu'un à bord du pétrolier a hissé un drapeau blanc. Trois hommes ont été arrêtés et sont présentement détenus par les Américains, qui semblaient être les seuls chargés de l'opération. Sont-ils intervenus avec ou sans le consentement du Canada? Pour l'instant, nous l'ignorons. Je vous reviens le plus tôt possible avec la réponse.»

194

Les yeux rivés sur sa télévision, Amélie sent son cœur battre à tout rompre. La caméra de RDI fait un long zoom sur la porte de l'hélicoptère, qui s'ouvre sur les trois personnes arrêtées par les Américains. Au milieu du trio, elle aperçoit Fabien, le torse nu, ensanglanté. «Il est vivant», se surprend-elle à penser. Son téléphone vibre. Marie-Lune Beaupré.

— Salut, c'est bien Fabien Robert entre les deux autres? lui demande la journaliste.

— Oui, confirme Amélie d'un filet de voix.

— À gauche, c'est le pilote, mais à droite? Est-ce que c'est ce Cheb Bekhti, le leader du groupe?

— Je n'en suis pas certaine, dit Amélie. La dernière fois que je l'ai vu, c'était à Laval il y a sept ou huit ans. Je crois que c'est lui, mais je le jurerais pas.

Elle s'interrompt et repousse Salicorne grimpée sur ses épaules.

— Qu'est-ce que tu penses qui va arriver à Fabien?

La journaliste lui répond sans hésitation.

— Il va faire de la prison et pour longtemps. Je dois te laisser. Merci pour les infos. Je te rappelle.

— Salut.

Amélie referme son téléphone, en proie à des sentiments contradictoires. Fabien et les deux autres sont escortés et poussés à l'intérieur d'un véhicule banalisé qui démarre rapidement. Elle n'arrive pas à chasser l'image d'un Fabien blessé, la tête baissée, comme un vulgaire criminel. Elle lui en veut terriblement de l'avoir trahie, mais l'idée qu'il passe les vingt prochaines années incarcéré lui semble démesurée. Elle aimerait lui parler, essayer de comprendre ce qui lui a pris, mais elle doute qu'on lui permette de le voir. Pas dans l'immédiat en tout cas.

Radio-Canada, bulletin spécial

Mesdames et messieurs, joignons tout de suite Marie-Lune Beaupré qui a des nouvelles à nous communiquer. Marie-Lune, où êtes-vous en ce moment?

«*Je me trouve actuellement devant le Consulat général des États-Unis à Québec, rue de la Terrasse-Dufferin. Je viens d'apprendre que c'est là, étonnamment, que les Américains ont conduit les trois personnes appréhendées à bord du Cap Vert. L'un d'eux n'est autre que Jean-Paul Plouffe, le pilote québécois, qui d'après ce qu'on nous dit sera libéré dès que les enquêteurs auront fini de l'interroger, à moins qu'il n'ait été de connivence avec les terroristes, ce qui semble peu probable. Selon nos informations, les deux autres sont Cheb Bekhti, le leader du groupe, et Fabien Robert, un écologiste qui a pris le pilote en otage et a rejoint les terroristes lors de l'escale du navire aux Escoumins. On est toujours sans nouvelles de Jean Plourde, d'Alain Laroche et des autres complices du groupe, mais une source fiable croit qu'ils ont tous été abattus lors de l'assaut du* Cap Vert.

Le téléphone de Simon Heffner s'allume. Il préférerait ne pas répondre, sachant d'avance qui l'appelle, mais ne peut pas se permettre de le faire attendre. Depuis cinq minutes, les grands réseaux de télé américains commentent en direct, images spectaculaires à l'appui, l'abordage réussi du *Cap Vert*. «*We saved Canada!*» déclare un commentateur sur la chaîne CNN. Simon Heffner se résigne.

— Tu n'as même pas été capable de devancer les Américains et voilà qu'ils refusent de nous livrer les prisonniers! Tu vas exiger qu'on nous les restitue, afin qu'on puisse les interroger. On a déjà assez perdu la face sans que tu te laisses manger la laine sur le dos, au vu et au su du monde entier!

Simon Heffner a du mal à contenir son indignation. Si seulement il avait eu les ressources nécessaires, il aurait pu agir plus tôt et éviter de sacrifier des hommes dans des opérations bâclées. Il aurait envie de riposter, en rappelant au premier ministre que c'est *son* ministre de la Défense qui a eu la brillante idée de déployer ses meilleures unités à l'autre bout du monde. C'est plutôt à lui que Mesmer devrait demander des comptes! Peine perdue, les politiciens sont toujours solidaires, même dans leurs pires bêtises.

— Je vais immédiatement me rendre au consulat, monsieur le premier ministre, et je vous promets que nous allons ramener les prisonniers au quartier général de la GRC à Québec.

— S'ils refusent de nous rendre les prisonniers, je vais faire une plainte formelle auprès des Nations Unies, conclut le premier ministre du Canada.

Quand la nouvelle est finalement confirmée que les Américains ont mené seuls l'opération d'abordage et qu'ils détiennent les terroristes dans leur consulat, et donc techniquement en territoire américain, les médias canadiens se déchaînent d'un océan à l'autre. Le Canada se retrouve une fois de plus à la remorque des États-Unis. Déjà en 2016, le FBI n'avait-il pas été le premier à avertir le Canada que l'aspirant terroriste, Aaron Driver, dans la petite ville de Strathroy, en Ontario, était sur le point de commettre un attentat-suicidé dans un centre commercial très fréquenté? Sans les Américains, les agents de la GRC ne seraient jamais arrivés à temps pour l'intercepter, alors qu'il montait dans un taxi, avec un sac à dos bourré d'explosifs.

— Le premier ministre doit démissionner! tonne un animateur de radio. Nous sommes la risée de la planète.

À Québec, le premier ministre Saint-Martin s'inquiète de l'absence de Paul Lévesque, retenu chez lui par une infection à la gorge qui l'empêcherait de parler.

— Est-ce qu'on sait si le navire sera remorqué à Lévis? Pouvez-vous me confirmer que le danger de déversement est bel et bien écarté?

Ni sa ministre de l'Environnement ni son chef de cabinet n'ont de réponses à lui donner.

— Je n'arrive pas à joindre le commissaire de la GRC. Mieux vaudrait demander aux Américains, ironise Fiona Bouchard.

197

— Nous allons permettre aux évacués de rentrer chez eux. Vous êtes certains qu'il n'y a plus de danger?

— Dans la région immédiate de Québec, le danger est passé, réplique le chef de cabinet. À l'Anse-aux-Sarcelles, mieux vaut attendre encore un peu.

René Saint-Martin ne s'est jamais senti aussi fragile. Ce drame, conjugué à celui de la mort imminente de sa femme, a miné ses énergies. A-t-il fait tout ce qu'il pouvait pour protéger les siens? S'il avait au moins demandé à la Sûreté du Québec de surveiller tous ces écologistes de plus près, aurait-on su qu'ils se radicalisaient? Gouverner, c'est anticiper, savoir se préparer, sinon on se réserve de mauvaises surprises. Il se tourne vers son chef de cabinet.

— Je veux que tu insistes auprès de la GRC pour qu'on nous mette au courant d'absolument tout, en temps réel, dans le plus grand détail, d'ici à la fin du drame.

— Entendu, monsieur le premier ministre.

«La Maison-Blanche se réjouit de l'intervention pertinente de nos commandos d'élite qui a permis d'éviter une catastrophe environnementale et humaine dans les eaux du fleuve Saint-Laurent, près de la ville de Québec. Le superpétrolier Cap Vert a été abordé avec succès et les terroristes qui l'avaient arraisonné ont été abattus ou arrêtés. Encore une fois, l'excellente collaboration entre nos deux pays a permis de déjouer un attentat terroriste de grande ampleur.»

— Quelle collaboration? s'exclame le premier ministre canadien, hors de lui. Ils n'ont même pas eu la décence de nous prévenir avant l'abordage. Si les Américains ne se retirent pas immédiatement de Québec, je déposerai une plainte formelle auprès des Nations Unies pour violation territoriale.

Les ministres des Affaires étrangères, de la Sécurité publique et de la Défense ne sont pas convaincus de la pertinence d'une telle démarche.

— Pourquoi ne pas laisser croire que nous avons collaboré avec eux et surtout, que notre grande prudence a permis d'éviter une catastrophe ? propose le ministre de la Défense.

Mais Allan Mesmer ne décolère pas. Il refuse de courber l'échine devant le président des États-Unis, avec qui ses relations n'ont pas cessé de se détériorer. Qu'il s'agisse du bois d'œuvre ou de transport pétrolier, par train ou par oléoduc, le premier ministre du Canada a souvent critiqué le président et aujourd'hui, il en subit les conséquences.

Ce n'est qu'à l'issue d'un formidable bras de fer entre Canadiens et Américains, assorti de communications acerbes entre les deux dirigeants par collaborateurs interposés, que les Canadiens consentent finalement à laisser les Américains cuisiner les détenus avant de les remettre à la GRC.

Radio-Canada, bulletin spécial

Mesdames et messieurs, bonsoir. Nous cédons immédiatement l'antenne à notre correspondant Marc Sansfaçon dans la capitale fédérale.

«Bonsoir. La GRC vient de libérer Jean-Paul Plouffe, le pilote québécois monté à bord du Cap Vert aux Escoumins. Selon Dwight Benson, le porte-parole de l'ambassade américaine, M. Plouffe a fait preuve d'une conduite héroïque lors de l'opération finale. C'est lui, en effet, qui a désarmé Cheb Bekhti, le présumé terroriste soupçonné d'être à l'origine de l'arraisonnement du navire. M. Plouffe sera interrogé par les enquêteurs fédéraux demain. Cheb Bekhti et Fabien Robert demeurent détenus et le procureur de la Couronne a déjà fait savoir qu'il s'opposera à toute libération sous cautionnement. Pour sa part, Benson confirme que les cadavres de huit présumés terroristes, dont ceux de Jean Plourde et d'Alain Laroche, ont été découverts sur le pont et dans les cales du Cap Vert. Pour l'instant, des enquêteurs fouillent le superpétrolier à la recherche d'explosifs. On n'a pas pu nous dire quand il sera remorqué à Lévis. Une

opération, a dit Benson avec un brin d'ironie, qui relève
des Canadiens. »

Peu avant minuit, l'enquêteur Jean Proisy de la GRC entre dans la cellule de Cheb Bekhti et le réveille en lui tapotant l'épaule. L'autre grogne, ouvre un œil et tourne le dos à l'enquêteur.

— Allez, debout, j'ai à te parler.

Cheb se retourne et se relève sur ses coudes en grimaçant, incommodé par la lumière.

— Tu peux pas éteindre ça ?

— Fais pas le malin. Allez, lève-toi.

Cheb se redresse dans son lit. Proisy prend la chaise contre le mur et la positionne de façon à s'asseoir à califourchon, face au dossier et au prévenu. La jeune cinquantaine, tenue décontractée, cheveux poivre et sel coupés en brosse, des yeux bienveillants, il est arrivé au Canada il y a vingt ans. Depuis cinq ans, il est le spécialiste de la radicalisation à la GRC.

— Qu'est-ce qui t'a pris de t'embarquer dans cette sale histoire ?

— J'ai rien à dire.

— Mais si. Tout le monde a une histoire. Je veux comprendre la tienne.

Cheb le défie du regard, mais garde le silence.

— Je t'écoute. Tu avais sûrement tes raisons.

— Vous êtes tous des cons, répond le suspect d'un air mauvais. Toi, plus que les autres. T'es français, non ? Pourquoi t'es parti ? Parce que t'avais honte ? Honte des saloperies de la France en Algérie ?

— Allez, cesse ta provoc'. Ça ne mène à rien.

— Mon grand-père s'est laissé endoctriner et recruter dans l'armée française. La France en a fait un traître avec du sang sur les mains, mais quand la France a perdu la guerre

200

et qu'il s'est réfugié dans la Mère-Patrie, la France l'a traité comme un chien.

— Tout ça c'est bien beau, mais toi, mon petit gars, tu es québécois. Tu as grandi ici. Tu as eu une enfance normale, d'après tes parents. Ta mère nous a dit…

—Ta gueule! crie Cheb, les yeux exorbités. Elle a rien fait. Fichez-lui la paix!

— Et comment tu crois qu'elle voit tes actes?

Cheb baisse la tête et grimace de douleur. Son cou lui fait mal, là où le pilote lui a asséné le coup de poing qui l'a assommé.

Proisy change de tactique.

— Qui est Mentor?

Cheb hausse les épaules d'un air excédé.

— Ça veut dire quoi?

— Ça veut dire je sais pas!

— Tu sais pas?

— J't'emmerde! crie Cheb.

— Tu sais, j'ai tout mon temps. On peut continuer comme ça toute la nuit, si tu veux, ou tu me racontes ton histoire et je te laisse dormir. À toi de décider.

— Pauvre con!

Le lendemain matin, l'inspecteur Proisy fait son rapport à Simon Heffner. Cheb Bekhti est un drôle d'oiseau. Une espèce d'anarcho-nihiliste. Proisy n'en a pas tiré grand-chose. Il crâne, multiplie les provocations et semble indifférent à tout. Il prétend ne pas connaître l'identité de Mentor. Qu'il ne l'a jamais vu en personne. Il se dit prêt à mourir parce que la planète est foutue, le genre humain l'a détruite et il veut que quelqu'un paye. Il se fiche de tout, sauf de sa mère, apparemment. Proisy va avoir besoin de temps pour le faire cracher ce qu'il sait. Il va faire venir sa mère et le confronter à elle.

L'interrogatoire de Fabien Robert est plus facile. Le suspect a passé une nuit d'angoisse. Incapable de dormir, il est épuisé, au bord des larmes et perclus de remords. Proisy n'a pas de peine à le faire parler. Contrairement à Bekhti, il a désespérément besoin de se confier, de mettre fin au silence qu'il garde depuis tant de mois. Tout a commencé il y a un an, quand Robert Spénard l'a invité à participer, en compagnie de Jean Plourde, à une conférence téléphonique avec un homme qu'il jure ne pas connaître, n'avoir jamais rencontré, et à qui il n'a plus jamais parlé par la suite, ses ordres venant toujours par un intermédiaire.

— Au début, c'est Robert Spénard qui servait de courroie de transmission.

— Robert Spénard vient de se suicider en prison. Donc cet homme, que vous appelez Mentor, c'est un surnom que vous utilisiez entre vous ou un nom de code par lequel il se présentait ?

— C'est Robert qui l'appelait comme ça, la première fois qu'on lui a parlé.

— C'est Mentor qui dirige la cellule Sauvons le Saint-Laurent ?

— Il était le général et on était les soldats qui exécutaient ses ordres.

— Donc l'explosion du bateau de pêche près de Berthier-sur-Mer, récapitule l'inspecteur, ça venait de lui, mais qui exécutait ?

— C'était moi, Jean et Robert.

— Ça vous a pas troublés qu'on vous demande de tuer un béluga ?

— C'est la gang à Saint-Martin qui a fait les entailles au couteau, pour détourner le blâme et discréditer les écologistes !

— Ce n'est pas vous qui l'avez tué ?

— Non ! Nous, tout ce qu'on a fait, Jean et moi, quand on a trouvé une carcasse de béluga échouée sur la grève,

202

c'est qu'on a averti Mentor. On en trouve de plus en plus, échoués sur les rives du Saint-Laurent. Les eaux du fleuve sont empoisonnées. C'est lui qui nous a dicté le message à inscrire sur le corps.

— Comment communiquiez-vous avec lui?

— C'est Robert qui gérait ça. Ça protégeait tout le monde.

— Où est-il basé? De quelle nationalité est-il?

— Je sais pas, mais la seule fois où j'ai entendu sa voix, il parlait comme un Québécois.

— Et qu'est-ce qu'il vous disait lors de ces conférences téléphoniques?

— Il disait que les politiciens étaient des lâches, des hypocrites, que si on les laissait faire, ils allaient tuer le fleuve. Que les manifestations pacifiques ne servent à rien. Que les gouvernements s'en moquent. Qu'il allait falloir les secouer, leur faire peur, les forcer à agir.

— Vous étiez à l'aise avec la contradiction entre la cause qu'il prétendait vous faire défendre et les moyens qu'il ordonnait?

Fabien hausse les épaules, découragé, honteux.

— Et Cheb, quand est-ce qu'il s'est joint au groupe?

— On n'a jamais su qu'il en faisait partie, ni Alain non plus, jusqu'au moment où on est montés à bord du pétrolier.

— Tout passait par Spénard?

— Oui. On avait reçu l'ordre une semaine avant, au cas où il serait arrêté.

— Pour l'incident avec le premier ministre?

— Probablement. On était pas au courant.

— Quel était le rôle d'Amélie Breton?

Fabien sursaute. Son visage se décompose. Il ouvre des yeux ronds, remplis d'alarme.

— Elle a rien à voir là-dedans! proteste-t-il. Jean et moi, on a toujours fait très attention de pas l'impliquer d'aucune façon.

— Il y a une sacrée coïncidence entre sa décision de rompre avec toi et le moment où tu disparais de la circulation. Tu veux me faire croire qu'elle ne s'est aperçue de rien?

— Elle ignorait tout, je vous le jure!

Proisy observe un long silence, les yeux rivés sur Fabien qui garde les siens baissés, au bord des larmes, comme un enfant pris en faute. L'enquêteur met fin au silence.

— Tu regrettes ce que tu as fait?

Fabien hoche la tête.

— Quelqu'un viendra prendre ta déposition. Ce sera tout pour l'instant.

Le bras de fer reprend entre les représentants canadiens et américains. Ces derniers exigent d'assister et même de participer à l'interrogatoire du pilote québécois. Le commissaire de la GRC s'y oppose catégoriquement. Les sondages déferlent des deux côtés de la frontière. Devant la vindicte croissante de la population américaine, le premier ministre du Canada, craignant un coup de force de Washington, commande hâtivement un plan de communications qui soulignera l'importance de partager les informations pour garantir la sécurité des citoyens des deux côtés de la frontière. Mais au Québec, le message ne passe pas. Pour la première fois depuis le début de la crise, René Saint-Martin donne un point de presse pour dénoncer l'abus de pouvoir de l'ambassade américaine et exiger la libération immédiate de Jean-Paul Plouffe. Partout au Québec, des manifestations s'organisent, réclamant le rapatriement du «prisonnier politique».

L'inspecteur Proisy a une longue habitude des interrogatoires, mais répugne à cuisiner une journaliste, ne partageant pas le mépris, voire l'antagonisme, de ses collègues envers les médias en général. Il respecte les professionnels, qui adhèrent strictement à un code d'éthique, même s'ils se font de plus en plus rares.

Depuis que Marie-Lune Beaupré a été convoquée par la GRC, elle a été retirée des ondes. Les avocats de Radio-Canada, toujours prudents, lui ont conseillé de «collaborer à l'enquête».

— Je ne révèle jamais mes sources, et ce n'est pas maintenant que je vais commencer, a-t-elle rétorqué.

— Si vous refusez de coopérer, ils vous rendront la vie intenable, prévient l'avocat de la société. En temps de crise, les grands principes, les chartes des droits et même les lois sont escamotés sans vergogne.

Marie-Lune se tourne vers le directeur de l'information, l'exhortant du regard à la soutenir contre l'avis du conseiller juridique.

— Marie-Lune, lui dit-il, on est citoyens avant d'être journalistes.

— Excuse-moi, mais je ne crois pas ce que j'entends! rétorque-t-elle, stupéfaite. Et le droit du public à l'information? Ce n'est pas pour ça qu'on est là, toi et moi? Si on renie ça, autant démissionner et trouver un autre emploi!

Robert Morin la dévisage, mais ne répond pas. Marie-Lune ne pourra pas compter sur l'appui de ses supérieurs.

L'interrogateur, dans la cinquantaine, cheveux poivre et sel, l'accueille froidement, l'invite à s'asseoir et lui tend une bouteille d'eau.

— Ne perdons pas de temps, suggère l'enquêteur, dont elle remarque l'accent français, on sait tous deux pourquoi on est là, allons droit au but.

Marie-Lune croise une jambe par-dessus l'autre et se renfonce dans sa chaise.

— Est-ce que je me trompe ou votre principale source d'information entretenait des liens avec la cellule Sauvons le Saint-Laurent?

Secret, de connivence avec les terroristes? Marie-Lune n'en croit pas ses oreilles. Elle a toujours soupçonné qu'il occupait un poste au sein du gouvernement qui lui donnait accès, peut-être par personne interposée, à des informations privilégiées, qu'il partageait avec elle.

— Je n'en sais rien, répond-elle, mais son cœur bat la chamade. Ma source ne me disait jamais d'où elle tenait ses informations, pas plus que je ne divulgue l'origine des miennes.

— Après analyse de vos reportages, nous avons toutes les raisons de croire que votre source était prévenue d'avance des activités de la Cellule.

Marie-Lune est stupéfaite. Secret ne lui donnait jamais de fausses informations. Ça lui suffisait. Elle n'avait pas besoin de savoir où il s'abreuvait. Elle lui faisait confiance et en retour, par sa propre discrétion, avait peu à peu gagné la sienne.

— Dans vos reportages sur l'environnement, qui remontent à plus de cinq ans, vous avez souvent cité «une source fiable», «bien placée», «bien informée». Était-ce toujours la même personne?

— Souvent, mais pas toujours.

— Votre source est-elle un membre du gouvernement?

— Je ne veux pas répondre à cette question.

— Vous savez que vous risquez la prison si vous refusez de collaborer.

Un éclair de colère s'allume dans les yeux de Marie-Lune.

— Emprisonnez-moi. Je ne vous dirai rien de plus.

— Ça va vous coûter cher.

— Et si je vous le dis, c'est la fin de ma carrière.

Le policier se redresse brusquement, se lève et regarde la journaliste dans les yeux.

— Vous ne me laissez pas d'autre choix que de recommander votre arrestation. Je vous donne 24 heures pour changer d'idée. Voici le numéro où vous pouvez me joindre en tout temps si vous voulez me parler.

Le Soleil, *samedi 2 juin 2018.*
MARIE-LUNE BEAUPRÉ INTERROGÉE PAR LA GRC
par Josiane Dalpé

Québec: Selon une source bien informée, la journaliste Marie-Lune Beaupré de Radio-Canada serait présentement interrogée par la GRC, information que tant le corps policier que Radio-Canada refusent de confirmer. L'interrogatoire porterait sur une de ses sources d'information qui aurait entretenu des contacts étroits avec la cellule Sauvons le Saint-Laurent.

D'autre part, des artificiers de la GRC et de la SQ sont toujours à bord du Cap Vert à la recherche d'explosifs afin de les désamorcer, le cas échéant, une opération délicate et dangereuse. Le superpétrolier ne sera donc pas remorqué pour l'instant, tant que l'opération déminage et l'enquête de la GRC ne seront pas terminées. À la raffinerie de Lévis, un employé bien au fait des opérations ne prévoit pas que le navire puisse arriver à quai avant deux ou trois jours. La navigation sur le Saint-Laurent est toujours interdite et ne sera rétablie que lorsque tout danger d'explosion à bord du Cap Vert aura été écarté.

Depuis une heure, des milliers de Québécois sont dans la rue à Montréal, Québec, Trois-Rivières, Rimouski, répondant spontanément aux nombreux appels à manifester dont regorgent tous les sites de médias sociaux. Tous unis pour réclamer la démission du premier ministre Saint-Martin et du premier ministre du Canada, qui s'est mis «à plat ventre» devant les Américains. Un blogueur du *Journal de Québec* résume la pensée de bon nombre de ses compatriotes: «Si nos gouvernements fédéral et québécois ne sont pas capables de nous protéger des terroristes, autant devenir le cinquante et unième État!» Dès 14 heures, ils sont plus de 500 000 à défiler dans les rues des villes et municipalités du Québec. À Montréal, une manifestation monstre serpente le long de la rue Sherbrooke. À l'avant de la marche, une phalange de députés d'opposition portent un énorme drapeau du

Québec, tandis que derrière eux s'étend une mer de grandes bannières clamant : *À bas le pétrole ! Sauvons nos cours d'eau ! Je me souviens de Lac-Mégantic ! Le Québec aux Québécois !* Les manifestants sont étonnamment disciplinés, la police n'a pas à intervenir, mais la colère et la frustration sont palpables. Tous réclament à l'unisson la démission des deux gouvernements et de nouvelles élections.

« Madame, vous êtes en état d'arrestation. »

La jeune policière et son comparse sont embarrassés. Marie-Lune Beaupré n'a pas l'intention de leur compliquer la vie.

— Vous me donnez deux minutes pour jeter quelques petites choses dans un sac ?

— Oui, bien sûr, mais… une fois arrivés on va vous les demander.

Un passe-droit accordé à une célébrité ? Marie-Lune se ravise et suit les agents sans rechigner. En sortant de chez elle, elle envoie un texto à sa mère et au directeur de l'information pour les mettre au courant. Elle recueille le courrier dans sa boîte à lettres et monte dans le véhicule des policiers qui la conduit au Centre de détention de Québec. Entre deux factures d'Hydro-Québec, du magasin Simons et quelques dépliants publicitaires, elle tombe sur une lettre sans timbre, sans adresse, avec juste son nom écrit à l'encre. Elle déchire l'enveloppe d'une main fébrile. La lettre est tapée à la machine, sur un très vieil appareil. Marie-Lune réprime un frisson d'effroi. D'après ses propres reportages, les communiqués étaient tapés sur une vieille machine à écrire.

Chère Marie-Lune,

À l'heure qu'il est, tu as été interrogée, peut-être même incarcérée. Crois-moi, j'en suis sincèrement désolé. Après l'avoir lue, je te demande de remettre cette lettre aux enquêteurs de la GRC. Elle permettra de t'exonérer.

Tu vas m'en vouloir et tu as raison. Mais à qui d'autre pouvais-je m'adresser pour alerter la population de l'incurie de nos gouvernements ? Je t'ai choisie à cause de ton sérieux, de ton audace et de la passion que tu mettais dans tes reportages sur les questions environnementales, que les gouvernements négligent depuis si longtemps. T'ai-je utilisée? Certes, mais tous les journalistes se font manipuler à un moment ou un autre, même les plus intègres. J'avais besoin de toi, pour mettre de la pression sur le premier ministre et son gouvernement, pour qu'ils cessent de maquiller la réalité, et une fois l'opération lancée, pour que la population soit informée de ce qu'ils souhaitaient lui cacher.

C'est moi qui ai tout planifié, du début à la fin. J'ai d'abord recruté Robert Spénard, après qu'il a contacté mon ministère pour demander de me rencontrer. Il était jeune, naïf et passionné. Nous nous sommes liés d'amitié. J'ai vite réalisé que je pouvais lui faire faire tout ce que je voulais et qu'il ne me trahirait jamais. Je n'avais plus de nouvelles de lui depuis son arrestation. Je viens d'apprendre qu'il s'est pendu dans sa cellule. Je n'en crois rien. Ils l'ont pendu pour maquiller une bavure policière, après qu'il a succombé, peut-être sous la torture, j'en suis convaincu. Un beau sujet d'enquête pour toi quand tu seras libérée, ce qui ne devrait pas tarder.

Je pleure sa mort et celle des autres. Il ne devait pas y en avoir et j'en suis consterné. Tout avait été minutieusement planifié et a bien fonctionné jusqu'à l'Anse-aux-Sarcelles, quand Cheb a perdu la tête et tué le capitaine. Après, il a paniqué et descendu tout le monde, et le navire s'est enlisé. La nouvelle que le pétrolier avait déchargé un conteneur entier de pétrole dans le fleuve m'a horrifié. Il n'en avait jamais été question! J'ai su alors que tout allait déraper.

Lorsque j'étais enfant à Marsoui, le fleuve était mon univers. Il sentait bon le varech. Quand un gros navire se profilait, nous étions ébahis. On en voyait rarement. Mon père était pêcheur. L'été, j'attrapais des écrevisses dans les anfractuosités en attendant le retour de son bateau rempli de poissons. J'admirais le vol décousu des sternes, *la beauté des canards arlequin, la majestueuse procession de baleines au large.*

Cinquante ans plus tard, le fleuve se meurt, il n'y a plus d'écrevisses, on dénombre de moins en moins de sternes, et rares sont ceux qui peuvent dire avoir vu un canard arlequin depuis des années. Le fleuve est devenu une autoroute pour les pétroliers. Les pêcheurs restent plus longtemps au large et reviennent avec moins de prises.

J'ai cru qu'en donnant un grand coup, au risque de sacrifier notre liberté, nous pourrions forcer les gouvernements à agir. Mais après cet échec, je ne suis pas naïf, je sais que nos dirigeants ne tireront aucune leçon de cet épisode. De belles paroles, encore et toujours, à moins d'une catastrophe, dont les conséquences à long terme changeraient la donne du tout au tout. D'autres, bien avant, l'avaient compris, comme l'écrivait Émile Zola, dans son chef-d'œuvre, Germinal.

«Fichez-moi donc la paix avec votre évolution! Allumez le feu aux quatre coins des villes, fauchez les peuples, rasez tout, et quand il ne restera plus rien de ce monde pourri, peut-être en repoussera-t-il un meilleur.»

Chère Marie-Lune, je te souhaite du bonheur. Tu vas faire une magnifique carrière. Qu'on n'essaie pas de me retrouver, je suis déjà retourné à mon fleuve. Si les autorités n'y voient pas d'inconvénient, je te lègue mes livres et mes disques de Beethoven.

Paul Lévesque

— Conduisez-moi à l'inspecteur Proisy, s'il vous plaît, demande Marie-Lune d'une voix tremblante aux deux policiers qui l'accompagnent. Je veux lui parler maintenant.

* * *

«Monsieur le premier ministre?»

Dans le cadre de la porte, Adèle tente d'attirer l'attention de René Saint-Martin, assoupi à son bureau, la bouche ouverte, la tête renversée sur le dossier rembourré de son fauteuil.

— Monsieur le premier ministre?

Il ouvre les yeux dans un léger sursaut et se frotte le visage d'un air épuisé.

— Dis-moi que j'ai rêvé.

— Je suis désolée, monsieur le premier ministre. La police cherche Paul Lévesque partout. Il n'a rien laissé dans son bureau et Jean me dit que l'enquêteur a trouvé une vieille machine à écrire dans son appartement, celle sur laquelle il a rédigé les communiqués, dont celui qu'il a glissé sous votre porte.

René Saint-Martin enfouit son visage dans ses mains. Trahi, bafoué, par un homme en qui il avait mis toute sa confiance. Jamais il n'aurait imaginé que ce sous-ministre qu'il avait lui-même nommé puisse basculer dans la folie. Car comment expliquer une telle conduite? Ses convictions étaient fortes, certes, et son caractère intransigeant, mais de là à planifier des actes terroristes? Il aurait dû le prendre au sérieux, avant qu'il ne soit trop tard. Trop tard pour lui, pour le fleuve, pour lui-même et son gouvernement. De ses fenêtres il entend le grondement de la foule massée devant l'Assemblée nationale. Il n'a plus de prise sur rien. L'impression d'être emporté dans un tourbillon. Il a eu le malheur de se trouver au confluent de l'Histoire, le jouet de courants contradictoires, de forces incontrôlables. Un autre aurait-il mieux fait à sa place? Lugubre, il ressasse une citation du président Kennedy, que Paul Lévesque lui a souvent servie: *Ceux qui rendent impossible la révolution pacifique rendent la révolution violente inévitable.* Encore aujourd'hui, son esprit se cabre devant l'extrapolation outrancière qu'en faisait Lévesque. «De l'enflure verbale!» se dit René Saint-Martin. Reste qu'il ne comprend plus rien. Le sentiment de sa propre impuissance le paralyse, l'humilie et lui fait honte. Où tout cela va-t-il mener? À d'autres que lui d'en décider. En sortant du bureau, il ira remettre sa démission et demander au lieutenant-gouverneur de dissoudre la chambre.

Six mois plus tard

Le restaurant Cosmos sur la Grande Allée est presque vide en ce vendredi de fin d'automne. Amélie Breton et Marie-Lune Beaupré s'y sont donné rendez-vous en plein après-midi pour éviter la cohue des heures de repas. Après des mois de textos, de courriels et de promesses de se revoir, les voilà enfin réunies autour d'un sandwich et d'une bière.

— Tu parles d'un temps de merde ! se plaint Marie-Lune. Je déteste novembre.

Amélie se contente d'un sourire en coin. Novembre est le début de ce qu'elle appelle l'encagement, cette période calme où elle se retrouve dans son bureau à compiler ses statistiques sur ses chers oiseaux et à écrire des rapports, qui seront encore plus alarmants cette année en raison de la marée noire du printemps précédent.

— Sinon, tu vas bien ? fait la biologiste.

Le visage de la journaliste s'illumine.

— Je pense que j'ai peut-être rencontré l'homme de ma vie. Il est intelligent, drôle, prévenant…

— Beau ?

— Pas vraiment, mais il a un charme fou !

— Y a longtemps que tu le connais ? demande Amélie en buvant une gorgée de bière.

— On s'est seulement vus à trois occasions, mais je te jure, je sens que cette fois, c'est la bonne !

Amélie affiche une mine dubitative, mais elle ne veut pas la décourager. Tant mieux si elle a trouvé l'oiseau rare.

— Et ton travail ?

Marie-Lune baisse les yeux et mord dans son sandwich. À sa sortie du Centre de détention de Québec, trois jours après son arrestation, le directeur de l'information lui a suggéré de prendre des vacances. Elle est allée retrouver ses parents en Gaspésie et a passé deux semaines à lire et dormir. À son retour à Radio-Canada, on lui a confié la rédaction de textes de présentation, en lui promettant un poste de reporter dans les meilleurs délais.

— On ne te voit plus à la télé et tu ne fais plus de reportages à la radio.

— Non, admet Marie-Lune d'un ton désinvolte. J'étais remplaçable, comme tout le monde.

Marie-Lune laisse son regard errer par la fenêtre. Dehors, un fin crachin force les passants à se couvrir. Elle appelle le serveur et commande une bière.

— T'as jamais eu de nouvelles de Paul Lévesque ?

— Non, souffle-t-elle d'une voix teintée d'amertume. Je suis certaine qu'il est mort au fond du fleuve. Peut-être le retrouvera-t-on, un de ces jours.

— Tu lui en veux ?

Marie-Lune fait la moue, marquant un temps avant de répondre.

— Oui et non. Dans ce métier-là, on est à la merci de nos informateurs autant qu'eux de nous. Je n'avais pas de raison de me méfier de lui. Avant le *Cap Vert*, il m'avait refilé des tas d'informations qui s'avéraient toujours. Il ne m'avait jamais trompée. Je me doutais qu'il occupait un poste important dans l'administration Saint-Martin, mais qu'un sous-ministre, un des plus proches collaborateurs du premier ministre, puisse être à la tête d'un réseau terroriste ne m'avait jamais effleuré l'esprit.

La journaliste se mord la lèvre inférieure et prend une longue gorgée de sa bière.

— Je vais devoir me refaire une crédibilité. Je surveille les offres d'emploi, au *Soleil* et à TVA. Je soumettrai ma candidature dès qu'un poste intéressant sera affiché. Et toi, tes canards ?

Amélie éclate de rire. Elle n'a toujours pas remis les trois canards à l'eau et avec l'hiver qui s'en vient, il est trop tard. Cyprien Lagrange a accepté de les héberger dans son hangar, mais Amélie n'écarte pas la possibilité de les garder chez elle.

— Trois canards adultes dans la maison ?

Amélie rit de bon cœur. L'idée est farfelue. Sa mère n'approuvera pas, mais elle s'est attachée à eux.

— Ils me tiennent compagnie et mettent de la vie dans la maison. Ils ont même apprivoisé ma chatte, Salicorne, qui d'habitude est jalouse comme un paon.

— T'as pas cherché à revoir Fabien ?

— Non. Il m'a écrit, mais je n'ai pas le goût de lui répondre.

Fabien Robert, comme Cheb Bekhti, purge une peine de prison à vie, sans possibilité de libération conditionnelle avant 25 ans. Intimidé par l'avocat de la Couronne, Jean-Paul Plouffe a failli à sa parole de témoigner en sa faveur, ce qui aurait pu atténuer sa peine.

— Il te répugne, c'est normal.

— Oui, mais pas pour les raisons que tu pourrais croire.

Marie-Lune hausse les sourcils d'un air interrogateur.

— Je lui en veux de m'avoir joué la comédie, de ne pas m'avoir dit ce qu'il tramait. S'il s'était confié à moi, il ne serait pas bourré de regrets aujourd'hui.

— Tu l'aurais dénoncé ?

— Non.

— Je ne comprends pas.

— Je ne l'aurais pas laissé partir.

— Tu crois qu'il t'aurait écoutée?

— Je ne sais pas. Mais je comprends pourquoi il a fait ça.

La journaliste repousse ses cheveux en arrière et garde le silence pendant que le serveur lui verse une seconde bière.

— Tu veux dire tuer des gens comme ils l'ont fait?

— Non! proteste Amélie. Et je suis sûre que Fabien ne savait pas qu'il y aurait des morts. Paul Lévesque, dans sa lettre, disait qu'il n'avait jamais été question de tuer qui que ce soit, tu t'en souviens.

— Je ne sais pas si je le crois. Cette lettre était son testament. Il voulait sauver sa réputation en se lavant les mains de tous ces meurtres commis en son nom.

Amélie hoche la tête timidement. Marie-Lune met sa main sur son bras. Les yeux de la biologiste brillent de larmes.

— Il n'y a jamais eu si peu d'oiseaux sur mes listes. C'est vrai qu'il y a eu la marée noire, mais le déclin des populations avait commencé bien avant. Dans dix ans, si on ne fait rien, la moitié des espèces auront disparu. Pas seulement ici. Partout. Je n'aurai plus d'oiseaux à recenser. Il ne me restera plus qu'à m'asseoir sur ma galerie et à regarder passer les pétroliers.

Mai 2019

— Allez, partez, vous êtes libres, implore Amélie, la voix brisée par l'émotion.

Un an déjà qu'elle les a trouvés, orphelins abandonnés, englués par le poison goudronneux qui souille encore la rive à l'Anse-aux-Sarcelles. Toute une année qu'elle les a recueillis, nettoyés, gardés chez elle, nourris et protégés. Mais maintenant que l'hiver est fini, elle doit se résigner.

Elle les a conduits loin en aval, loin des hommes et de leurs déchets. Elle a chaussé ses grandes bottes, s'est avancée dans les battures et les a déposés dans l'eau, mais ils tournent en rond, les yeux fixés sur elle, comme s'ils l'attendaient.

— Allez! Vous êtes libres!

L'un d'eux revient vers elle et se colle contre sa jambe. Il lève la tête et la regarde. Elle avance un peu plus, en pleurant à chaudes larmes. Pendant une heure, ils hésitent, s'attardent, vont et viennent, avant de finir par s'éloigner. Elle les suit des yeux, jusqu'à ce qu'elle les perde de vue dans les longues herbes et s'esquive en douceur, le cœur brisé.

DANIEL
LESSARD

Daniel Lessard, journaliste politique, vétéran de la tribune parlementaire à Ottawa et commentateur politique de premier plan à la télé et à la radio de Radio-Canada, est né et a grandi à Saint-Benjamin, en Beauce, lieu que respirent les trois volumes de *Maggie*, sa grande saga beauceronne, ainsi que *Le puits*, son quatrième roman. Suivez Daniel sur Facebook, visitez son site Internet: www.daniellessard.ca ou écrivez-lui à dlessard1947@yahoo.ca

AUX ÉDITIONS PIERRE TISSEYRE

DONALD ALARIE
  Les Figurants

HUBERT AQUIN
  L'antiphonaire

YVES E. ARNAU
  Laurence
  La mémoire meurtrie
  Les Olden. La suite

C. BERESFORD-HOWE
  Le livre d'Ève
  Cours du soir

GÉRARD BESSETTE
  Anthologie
    d'Albert Laberge
  La bagarre Le libraire
  Les pédagogues

DOUGLAS L. BLAND
  Soulèvement

ALAIN BORGOGNON
  Le cancer

FRANCIS BOSSUS
  Tant qu'il pleuvra
    des hommes
  Quand la mort est
    au bout
  La couleur du rêve
  La tentation du destin

JEAN DE BRABANT
  Rédigez vos contrats

MOLLEY CALLAGHAN
  Telle est ma bien-aimée
  Cet été-là à Paris
  Clair-obscur

EMILY CARR
  Klee Wick
  Les maux de
    la croissance

JEAN-CLAUDE CASTEX
  Les grands dossiers
    criminels du Canada
  (deux volumes)

LAURIER CÔTÉ
  Zangwill
  Abominable homme
    des mots

PIERRE DESROCHERS
  Ti-cul Desbiens ou le
    chemin des grèves
  Les années inventées

JACQUES GAUTHIER
  Chroniques de l'Acadie
  (quatre volumes)

LOUIS GAUTHIER
  Anna
  Les grands légumes
    célestes vous parlent

DIANE GIGUÈRE
  L'eau est profonde
  Le temps des jeux
  Dans les ailes du vent
  L'abandon

MONIQUE DE GRAMONT
  Le maître du jeu

CLAUDE JASMIN
  La corde au cou

DENNIS JONES
  Le plan Rubicon
  Palais d'hiver